次期社長に再会したら溺愛されてます

ハッピーウエディング編

m a r m a l a d e b u n k o

宇佐木

マーマレード文庫

目次

次期社長に再会したら溺愛されてます

ハッピーウエディング編

次期社長に再会したら溺愛されてます

ハッピーウエディング編

1．抱擁の続き

国内大手化粧品メーカー〝ピスカーラ〟。大人可愛《かわい》いデザインの〝Amule《アミュレ》〟が人気で、かくいう私もアミュレファンのひとり。それがきっかけで〝ピスカーラ〟に入社したほど、ここの商品が好きだ。そして――。

「あ、瀬尾《せお》常務！　久々に見た～。きっと毎日忙しいんだろうなあ」

休憩時間、リフレッシュルームで飲み物を買っていたら、隣の部署の先輩が社内一の人気を誇る常務の姿を見つけたようで周りが一気に色めき立つ。

「そりゃあそうでしょ。それでも、相変わらず時間作って各部署に顔を出すじゃない。ちょっとしたことだけど、ああいうのって簡単にできないよね」

「まあ、確かに分刻みで忙しそう。プライベートの時間は、ほとんどないんじゃない？　彼女も大変よね。ねえ、七森《ななもり》さん？」

「えっ。あ、いえ……私は全然」

自動販売機からペットボトルを取り出しているところに突然話しかけられ、私はにやけ顔の先輩ふたりを前に、首を竦《すく》めて小さく答えた。

「全然平気なの？　健気《けなげ》ねえ。まあ、そういう覚悟ないと付き合えないよね」

「私、正直初めは嫉妬《しっと》したけど、今は常務の相手が七森さんでよかったって思うんだ。自慢げに彼女ヅラしたりしないし。ふたりとも公私の区別をちゃんとつけてるからかな。応援してる！　っていうか、私ももしかしたらって夢もらえてる！」

「いやいや。そんな簡単にシンデレラストーリーなんて転がってないから。大体、七森さんと常務って昔からの知り合いだったんでしょ？　その時点で私たちの可能性はゼロだって」

ふたりの会話になにも言えず、私は黙って笑顔で立っていた。

京ちゃんの変わらぬ人気ぶりには改めて驚かされる。

実は、ここ〝ピスカーラ〟の次期社長で常務の京ちゃんこと瀬尾京一《きょういち》は、物心ついたときから隣に住んでいた幼馴染《おさななじ》みで、恋人だ。ちなみに私たちのことは社内公認。それは以前、京ちゃんが社員の前で私たちの関係を告白してくれたから。

初めこそ好奇の目や陰口《かげぐち》があったけれど、それも止んで今の職場環境は良好。きっと京ちゃんがみんなに『仕事では公私混同はしない』と宣言し、確実に実行しているのが伝わっているからだと思う。

現に今、このリフレッシュルームから京ちゃんが歩いている廊下は目を合わせられる距離なのに、京ちゃんは私を見ない。

本音《ほんね》はちょっと寂しい。でも、私もきちんと約束は守らなきゃ。

「麻衣子《まいこ》、おいで」

一週間ぶりの京ちゃんのマンション。私はふかふかした大きなL字ソファに、ちょこんと腰をかけ、彼の腕の中に収まった。

「ああ、癒《いや》されるな」

京ちゃんは私を後ろから抱きしめ、肩に頭を乗せる。彼の髪の毛が、首筋を掠《かす》めてくすぐったい。

「出張続いてたもんね。お疲れ様」

私は甘える京ちゃんにまだ慣れず、どぎまぎして答えた。

彼は六歳年上で、私にとってずっと、とても優しくかっこいいお兄ちゃんだった。

私は日々彼に甘やかされ、いつしか恋心を抱いていた。

しかし、彼は大企業の次期社長。仕事に専念するべく私が高校生のときに国外へ行ってしまった。数年間、私たちは疎遠《そえん》になったけれど、七年のときを経て再会した。

その運命の場所が〝ピスカーラ〟。

幼かった私は彼がいつでも隣にいたせいか、彼に改まって後を継ぐ会社について聞くこともせず、なにも知らぬまま大人になった。そのため、京ちゃんが自分の勤務先の常務だとわかったときは心底驚いた。

まさか、彼の部下となって会う日が来るなんて。

あきらめ悪く彼への想いを燻《くゆ》らせていた私は、それさえも運命を感じた。結果的に、私たちはずっとお互いを想っていたと判明し、晴れて恋人同士になり今に至る。

それから約三か月経った現在、私が幸せを噛《か》みしめていると、彼は私の肩口にぽつりと零《こぼ》す。

「今日、久々にオフィスに戻ったとき、すぐ麻衣子を見つけたよ。リフレッシュルームにいただろ」

「き、気づいてたの？」

「もちろん。危うく麻衣子のほうへ駆け寄るところだった」

にっこり顔で言われ、堪《たま》らず頬《ほお》が熱くなる。社内で人気の常務に言われると、やっぱりうれしい。

「京ちゃんはすごいよね。そういう雰囲気《ふんいき》かけらもなかったよ」

きっと京ちゃんの態度ひとつで、女子社員の見方も変わる。彼がオフィスで私を絶対に特別扱いしないから、私は今日みたいに肯定的な言葉をかけてもらえるんだ。それがわかってるから、少しくらい京ちゃんが忙しくて会えなくても我慢できる。

むしろ私もなにかしら頑張らなきゃいけない。

「社員のみんなに信じてもらってるからね。それを裏切る行為は絶対にしない。代わりに……」

京ちゃんは、私の右サイドの髪を梳《と》かすように後ろへ流し、露《あら》わになった耳に唇を寄せた。

「オフィスを出たら欲望のまま動く。こうやって」

「ん……っ」

言うや否や、首筋にキスを落とす。

彼は私に我慢した以上のものをくれる。私は恥ずかしくて瞼《まぶた》を閉じ、口を一文字に引き結んだ。キスは一度では済まず、徐々に鎖骨へ降りてくる。甘い痺れが背中をせりあがってきて、瞬《また》く間に全身の力が抜けた。

ふいに、京ちゃんが緩《ゆる》んだ私の左手の薬指を撫《な》でた。些細《ささい》な刺激にも敏感になっていて、自然とまた小さな声が漏《も》れる。

「……この間も本当は指輪を買ってあげたかったのに」

「だって……約束はコンペが通ったら、だったし」

『約束』とは、約二か月前に行われていた、新ブランドコスメシリーズ〝Porsh《ポーシュ》〟の社内デザインコンペの話。

京ちゃんは私のエントリー作品なら『きっとコンペに通る』と言っていた。それでも私が、自信を持てないでいたら『賭けをしようか』って持ちかけられ、『俺が勝ったら結婚しよう』なんて話をされていたのだけれど……。

結果は、残念ながら商品化検討にも引っかからず。現実はそう甘くないと思い知らされた。

当時のがっかりした感情が戻ってきて打ちひしがれていたとき、指を絡《から》めとられる。

「商品化の枠は残念な結果だったかもしれないが、社員投票優秀賞には入った」

「それは光栄なことだけど、京ちゃんとの約束とは若干《じゃっかん》違うもん」

実は審査員の選考のほか、社員の人気投票システムもあるコンペだった。なんと私はそこで、社員投票二位という結果を残したのだ。

なんの賞にも掠りもしないで終わったかと思ったから、とてもうれしかった。でも、京ちゃんが『麻衣子は絶対大丈夫だよ』って激励《げきれい》してくれた手前、彼が言った通りの結果を出せなかった自分に落ち込んだ。情けない気持ちが蘇《よみがえ》り、小さく唇を噛む。

「十分すごいんだから、細かい部分は気にしなくてもいいのに」

「ううん。約束は約束。それに私、このブレスレットお気に入りだし」

私は重ねられた手につけているブレスレットを摘《つ》まんだ。

『麻衣子に似合うと思う』と言って彼が選んでくれたもので、私もすごく気に入っている。シンプルなプラチナブレスレットに、ハートを象《かたど》ったひと粒のダイヤモンドがあしらわれた上品なデザイン。これだって、ブランド物で高価なもの。もちろん私がねだったわけじゃなくて、京ちゃんの見立て。

「仕事中も、これを見るたび頑張《がんば》ろうって気持ちになれるの。ありがとう」

私がお礼を口にしたら、京ちゃんは一瞬目を丸くして短いため息を落とした。

「邪気《じゃき》のない麻衣子といると、自分が欲深く感じるな」

突拍子《とっぴょうし》もない言葉に、きょとんとした。何度か目を瞬かせてから、首を横に振って答える。

「京ちゃんが？　そんなの一度も思ったことないよ」

こんなに優しくて、周りの人たちへの配慮《はいりょ》を欠かさない京ちゃんが欲深い？　まるで意味がわからない。

ジッと京ちゃんを見ていたら、突然ソファに押し倒された。景色が反転し、天井が見えたかと思えば、京ちゃんに見下ろされる。

「俺はね？　ここに俺が贈った指輪をはめさせることによって、ほかの男をけん制したいんだよ。麻衣子は俺のだって誇示したいんだ」

彼はそう言って、私の左手の薬指に、つっと指先を這《は》わせる。触れている箇所はそこだけなのに、鼓動が速くなり身体《からだ》も熱い。

京ちゃんは徐々に高い鼻梁《びりょう》を近づけてきては、ささやく。

「古典的な方法かもしれないけれど、麻衣子を狙う男を少しでも遠ざけたいからね」

艶《つや》っぽい瞳を向けられ、心臓が激しく騒ぐ。普段とても優しい彼が牙を剥《む》く様《さま》は、この上なく色気があってドキドキする。

「しゃ、社内ではもう私たちの関係は知られてるし、そんなに気にしなくても」

「わかってないな。中には相手がいたって構わないって人間もいるんだよ。第一、出会いは社内だけとは限らないだろう？」

京ちゃんの前髪が眉《まゆ》に触れている。さすがにここまで近距離だと、目も開けていられない。

「そ、それなら私だって、『京ちゃんは私のもの』ってみんなにわかるように印つけておきたい」

京ちゃんはやたらと私の心配をするけれど、私にしたら京ちゃんのほうが女性にモテるだろうから心配だ。あちこちと忙しく飛び回っていて目も届かないし、出張先にも出会いはある。気にしないようにしているだけで、本当は不安で堪らない。

突然、京ちゃんが私の腕を掴《つか》んで引っ張った。上半身を起こされた私は、京ちゃんと向き合う。

「いいよ。つけてよ」

「えっ。で、でも男の人は仕事中って結婚指輪以外はつけないでしょ？」

あたふたと返したら、京ちゃんが目の前で自分のワイシャツのボタンを三つ外し、首筋を見せる。

「違う。今、ここに」

「こ、ここって……」

「俺は麻衣子のものだって印、つけてよ」

それがなにを意味するものかやっと理解して、私はさらに頬を染めた。恥ずかしくてしばらく動けなかったけれど、どうやら京ちゃんも譲《ゆず》る気はないみたい。

覚悟を決めて、はだけたシャツから覗《のぞ》く素肌に唇を寄せる。私はワイシャツで隠せる位置に、数秒かけて赤い跡をつけた。

「……これでいいの？」

今自分がつけた印と同じくらい、きっと私も顔が真っ赤だと思う。もう羞恥心《しゅうちしん》でいっぱいで頭を上げられない。

京ちゃんは俯《うつむ》く顎《あご》にすっと指を添《そ》え、私の潤《うる》んでいる瞳《ひとみ》を覗き込んだ。

「マイ」

満足そうに緩んだ口が、私の愛称を発音する。

彼は子どもの頃から、ときどき私を『マイ』と呼ぶ。たった一文字省略されただけなのに、京ちゃんがそう呼ぶときはいつにも増して親し気で、心が込められている気がしていた。再会してからは、『マイ』とささやいては、身も心も蕩《とろ》けさせるような愛情を注いでくれる。刹那《せつな》、唇に柔らかな感触が落ちてきた。

「ん……」

温かく、優しいキス。鼻先を交差させた直後、深いところまで侵され、たちまち溺《おぼ》れていく。気づけば再び背中はソファの座面に触れていて、彼の重みを全身に感じる。脳髄《のうずい》まで溶かされるような口づけに意識を奪われていたら、するすると彼の大きな手が私の洋服の中に潜《もぐ》り込《こ》んできた。

腹部を撫でられかけた、そのとき。

「きょ、京ちゃん、ストップ……！　じ、時間が……」

やっとの思いで彼を制止する。上目でそろりと京ちゃんを見れば、目を点にして固まっていた。それから彼は、ちらっとかけ時計を確認する。

私はさっき時計を見ていたから、何時なのかを知っていた。今はもう十時半になるところ。

私は実家暮らし。彼との交際が親公認で明確な門限はないとはいえ、あまり遅くなりすぎるのはよくないって、毎回京ちゃんが気にする。本当は私だって、このまま京ちゃんといたいけれど堪えなきゃ。これは京ちゃんのイメージにも繋《つな》がること。

「ご……ごめんね？」

拒否したみたいになっちゃって少し気まずかったのに、京ちゃんは笑って私の頭をぽんぽんと撫でた。

「麻衣子は謝らなくていいよ。むしろ俺を止めてくれてありがとう。麻衣子を前にすると、周りが見えなくなるから」

「京ちゃん疲れてるでしょ。まだ電車もあるし、今日は送ってくれなくても……」

体勢を直し、ソファから立った直後、京ちゃんに手首を掴まれる。

「こんな時間にひとりで帰すわけないだろ。俺は大丈夫。ギリギリまで一緒にいさせてよ」

結局、昔も今も私は甘やかされている。私が六歳も年下で仕方ないのかもしれないけれど……。私ももう大人だし、できれば京ちゃんの支えになれたらいいな。

最近そう思う機会が多い。が、今夜も京ちゃんに甘えて、自宅まで送ってもらった。

「京一くんもマメねえ。いつも家の前まで送ってくれて。ケンカなんかしないでしょ。京一くんが大人だから」

帰宅するなり、母が冷やかし半分に言ってきた。親にそういう話をされると、どんな顔をしていいのかわからなくなる。

私は照れる気持ちを押し隠し、なるべく平静を装《よそお》ってさらりと答えた。

「まあ……しない、かな」

確かに京ちゃんは大人だ。それは六歳上というのが理由ではなく、彼自体、小さいときから大人びていて余裕のある人だったと思う。

「ご飯は食べてきたから、部屋に行くね」

母と長く話していれば、彼とのことを根掘り葉掘り聞かれそうで身が持たない。母は当然、私の幼馴染みである京ちゃんをよく知っている。それだけに、話し始めたら止まらなくなりそうだ。

私はそそくさと自室に戻り、ドレッサーの椅子《いす》に腰を下ろしてひと息つく。アクセサリーをひとつずつ、ジュエリーケースに戻していった。そして最後に、ブレスレットを外した。

私は可愛いものが好き。しかしその反面、大人っぽさに憧《あこが》れを持っているって気づいているのか、京ちゃんはシンプルな中に可愛らしさもあるブレスレットを見立ててくれた。

手の中のブレスレットを眺《なが》め、思わず笑みが零れる。その後、ジュエリーケースの引き出しに大切にしまった。

ふいに隣の机に置いたままのスケッチブックが視界に入る。そっと手に取って、パラパラとページを捲《めく》った。中身にはこれまで真剣に考えたコスメデザインと、コンペに出した初期のアイデアを描《か》き綴《つづ》ってある。

私は無意識にため息を漏らしていた。

そう簡単に努力が実るとは思っていない。かといって、落ち込まないわけでもない。私のせいで、結婚の話もうやむやになっちゃったし……。いや……そもそも、ちゃんと付き合うようになってまだ数か月なんだから結婚を焦《あせ》る必要もないんだけど。

ひとりで百面相をしていることに、鏡越しに気がつき我に返った。

焦っちゃだめ。とりあえず、目の前にある仕事をひとつずつ大事にしていこう。

私は気持ちも新たに、椅子から立ち上がる。ルームウェアを抱え、バスルームに向かった。


翌日。

オフィスに着き、まずは軽く部署の掃除《そうじ》をする。それが終わっても、まだ始業時間にはなっていなかったが、私はさっそく仕事に取りかかった。

入社して約五か月。商品の外装《がいそう》はもちろん、パッケージもひとりで任された経験はない。そんな私がつい最近、先輩デザイナーで主任の深見《ふかみ》さんに与えられた仕事は、アテンションシールのデザイン作成だ。

アテンションシールとは、店頭に並ぶ商品に直接貼るシールで、それによりお客様の目を引いて売り上げを伸ばす目的で使用される。商品の外装と違って、開封したら捨てられてしまう部分ではあるが、アテンションシールでお客様の心を掴むことだってできる。人は第一印象が大事と言うけれど、それと似たようなもので、店頭で初めて手に取るお客様にどれだけ好印象を与えられるか重要な役目だ。

ちなみに、私が任された商品は日焼け止め。インターネットサイトで売上一位を獲《かく》得《とく》した情報をメインに盛り込んで、鋭意《えいい》デザイン製作中だ。

「七森さん、おはよう。今日もやる気ね」

パソコンに集中し始めたところに、凛《りん》とした声をかけられる。私の指導係の深見さんだ。私は反射で椅子から立って言った。

「深見さん！　おはようございます！　あの、アテンションシールなんですが少し迷っている部分があって。のちほど一度見ていただけますか？」

「わかった。でも今日は会議が何個かあるから、空《あ》いてるちょっとの時間でいい？」

「はい。もちろんです」

深見さんはいつもクール。笑った顔を見たのは数えるほどしかない。彼女を初めは冷たく感じて勝手に怖がっていたけれど、実際は仕事に対して真摯《しんし》に向き合うゆえに、厳しい人なんだとわかった。

「あ、そうだ。会議のひとつはポーションのリップのオリエンテーションなのよね。七森さんも参加して」

「えっ」

「仕事を振るかどうかは決めてないけど、あなたもかかわったでしょ。コンペで。苦い思いが残っていても、自分に足りないものとか学ぶチャンスにもなるだろうし」

こんなふうに、深見さんはいつでも冷静に相手のことを考えて取り計らってくれる。

「ありがとうございます！」

入社当時は、好きなブランドの商品のラインナップにいつか自分の思いをぶつけたデザインが採用されたらいい、って考えていた。今はやや意識が変わって、独《ひと》りよがりの思いを実現させるんじゃなくて、深見さんや京ちゃん、そしてなにより〝ピスカーラ〟の商品を手に取ってくれるお客様に、『いいね』って感じてもらえるようなものを作りたいと思うようになった。

目標がクリアになった私は、入社当初よりは仕事との向き合い方がわかってきた気がしていた。


数日が過ぎ、金曜日。毎朝早めに出社し、さらに入社したての頃とは違って残業もするようになったから、週末はさすがに疲れが溜《た》まってくる。

そんな私の疲労を一瞬で吹き飛ばすのは、京ちゃんのメッセージ。

《今日はゆっくりデートしよう。仕事が終わったらオフィスの近くで待ってて。迎えに行くから》

〝ピスカーラ〟は基本、金曜日がノー残業推進デー。京ちゃんはよく、部下の人たちが帰りづらくなるからとできるだけ定時に退社し、そのぶん自宅で仕事をしているようだ。でも今日は一緒に過ごせるみたい。

私はスマートフォンを握りしめ、オフィスからちょっと歩いたカフェの前で連絡を待つ。五時二十分過ぎに着信がきた。

「もしもし。お疲れ様」

『麻衣子もお疲れ様。どこにいるの？』

「すぐそばのカフェの前にいるよ」

『わかった。今行く』

十数秒の会話を終えた私は店に入り、ブラックコーヒーとカフェオレをテイクアウトして外に戻った。まもなく、京ちゃんの白い車が見えたので道路側に移動する。完全に停車した車から、京ちゃんがわざわざ降りてきた。

「お待たせ」

京ちゃんがナビシートまで回って、ドアを開けた。私は「ありがとう」と車に乗り込み、彼が運転席に戻ったところでさっき買ったコーヒーを渡す。

「これ、今買ったばかりだからまだあったかいよ」

「コーヒー？　ありがと」

京ちゃんは私の手からコーヒーを受け取り、ひと口含んだ後「美味《おい》しい」と柔らかく目を細める。京ちゃんって些細な仕草に色気を感じさせるから、私はどぎまぎしてしまう。動揺《どうよう》を見せないよう、自分のカフェオレに口をつけた。


数十分後に到着したのはタワーマンション。京ちゃんの自宅だ。

これまで仕事の後のデートなら、まずはレストランなどで食事をとっていた。今日はめずらしく直帰で驚いた。だけどよくよく考えれば、いつも外食だと金銭面で迷惑をかけるし、徐々にお家ご飯にシフトしていくのがちょうどいいのかもしれない。

そうなると、料理は私がすることになるよね……。

実家暮らしの私だけど、母にばかり頼らないように一緒に料理をしたり、お弁当は自分で作ったりしている。だから料理は苦手ではない……とは思っている。けれど今後、京ちゃんに私の手料理を食べてもらうと考えたら否応《いやおう》なしに緊張する。

もしかしたら今日、いきなりそんな展開が待っているかも、と想像して、いっそうプレッシャーを感じてしまった。

京ちゃんがリビングの扉を開き、足を踏み入れる。私も続いて中に入った瞬間、目の前の光景に思わず驚いた。

「え……京ちゃん、これって」

「たまには家でゆっくり食事するのもいいかなって」

京ちゃんの家は広いリビングの隣にダイニングがあって、シックな雰囲気のダイニングテーブルには、いつもなにひとつ物が置かれていない。それが今、どこかの高級レストランみたいに卓上が華《はな》やかに変わっている。

広いダイニングテーブルにはクリーム色のテーブルクロスがかけられ、アクセントにワインレッドのランチョンマットが敷《し》かれている。中央には淡い黄色と白のフラワーアレンジメントが飾られ、おいしそうな料理が並んでいた。

「すごい……！　まるでどこかのお店みたい。これって……」

「ケータリングを頼んだんだ。コンシェルジュに留守をお願いして、時間を指定して来てもらった。料理もまだ温かいはずだよ」

「ケータリングって、こんなに細やかなサービスをしてくれるの？　知らなかった！本当びっくり！」

簡易容器じゃなく、磁器のプレートにナイフとフォーク、ナプキンまでセットされている。

「冷めないうちに食べよう」

京ちゃんは茫然《ぼうぜん》とする私の手を取り、椅子を引いた。

「ごちそうばかり……本当に美味しそう。こういうのって、とても高額だったんじゃないの？」

テーブルコーディネイトもさることながら、料理も負けず劣らず豪華《ごうか》。

ローストビーフや大きなエビが入ったサラダ、おしゃれなピンチョスにセルクル仕立てのピラフ。きっとほかにも、見るだけじゃわからない高級な素材とかも使用しているのかもしれない。

「麻衣子はなにも気にしなくてもいいんだよ。今日はいつも頑張っている麻衣子を労《いた》わりたくてオーダーしたんだし」

「私？　私より京ちゃんのほうが……」

「じゃあ、俺たちふたりとも頑張ってるってことで。今日は気兼ねなく家でゆっくりしよう。ね？」

京ちゃんの笑顔に負け、私はこくりと頷《うなず》いた。

それから、向かい合って一緒に料理を堪能《たんのう》した。京ちゃんの言う通り料理はまだ温かく、デザートまで用意されていてもうお腹《なか》がいっぱい。

ふたりで後片付けを済ませ、ソファに落ち着いた。

「とっても美味しかった！　ありがとう。ごちそうさまでした」

「どういたしまして」

「けど、もう私のためにこんな贅沢《ぜいたく》しなくてもいいからね？　とはいえ、私はこんなに豪勢《ごうせい》な料理は作れないけど、もっと家で料理頑張って覚えるから」

京ちゃんは軽く息を吐き、ソファの背もたれによりかかって笑った。

「頑張りすぎな麻衣子を休ませたくてしたのに、頑張るものが増えたら意味ないなぁ。無理しなくても大丈夫。でもそのうち麻衣子の手料理も食べたいな」

「あっ、本当に普通のものだからね？　ハンバーグとかグラタンとかからあげとか」

「どれも好きだよ。それに麻衣子の作ったものって、昔バレンタインにもらった義理《ぎり》チョコくらいだし、すごく楽しみ」

ふいに昔話をされて、視線を落とす。

バレンタインは、ちゃんと覚えている。小学校高学年くらいから同級生の間で盛り上がりだして、私もみんなの流れに乗ってチョコを作り始めた。といっても、溶かして固めるだけの簡単なものがほとんどだった。毎年それを、わざわざ京ちゃんの家まで届けていた。

「あれは義理っていうか……」

「友チョコ、だっけ。友達にあげるものと同じやつをくれてたんだろう？　わざわざ俺の分も考えてくれてたのかなって、うれしかったよ」

「確かにそうなんだけど……。ただ、男の人は京ちゃんだけだった」

本命とか義理とか、初めの頃はなにもわからず、イベントを楽しんでいただけ。中学に入るくらいになってからは京ちゃんにチョコを渡すのに、なぜか緊張し始めていた。理由は時間をかけてわかっていったけれど。

「ふうん。そっか」

にんまり顔の京ちゃんにハッとして、あわあわと話題を変える。

「あっ、今日ね。ポーシュのオリエンテーションに参加させてもらったよ。深見さんが私も連れてってくれて」

「そうなんだ。どうだった？」

「うん。なんていうかすごいの。若い年齢層向けのポーシュに合わせた色やデザインだって、ひと目でわかるっていうか。イメージが定まってるんだろうなあ。私が応募していたデザインは、やっぱりどこか迷いが表れていたんだなって思った」

アミュレは二十代後半から三十代女性向けの大人可愛いコンセプト。対して、ポーシュはターゲットの年齢層を下げて、十八、九歳くらいから二十代半ばの女性を意識して生まれたブランドだ。アミュレよりもフレッシュでとびきりキュートなイメージ。後になって、コンペのときはアミュレとの差別化を意識するあまり、ちょっと子どもっぽいデザインになってしまった気がしていた。今日のオリエンテーションでは、それがはっきりと浮き彫りになった。

「今日気づいたの。この間のコンペもそうで、私これまでただ『好き』って気持ちだけで仕事していたんだなって」

極端《きょくたん》な話、自分のことしか考えてなかった。

自分が好きな色、形。自分が一方的に作り上げたブランドイメージ。

入社直後、深見さんにデザイン素材を求められ、提出した資料の中身が独りよがりで注意されたのを思い出す。

あのとき、私が一生懸命《いっしょうけんめい》次の商品に合いそうな資料を集めても、すべて深見さんの求めていたものからは遠ざかっていた。

『好き』な気持ちは押し付けるのではなく、相手も自分も喜んでこそのもの。

「もちろん、好きな気持ちは武器になるって信じてる。でも、それだけじゃ目を引く商品にはならない。商品の向こう側にいるお客様の笑顔を考えなきゃだめなんだよね。

まだまだだなあ」

私が優秀賞をもらえたのは、奇跡みたいなものだったんだ。

改めて自分の未熟さを痛感し、運がよかったのだと感じる。

「マイ。そんな表情しないで」

うっかり自分の世界に没入《ぼつにゅう》していたとき、京ちゃんが私の頭をそっと抱き寄せた。

「初めから完璧《かんぺき》な人なんていないし、それは商品も同じだよ。何度も何度も考えて話し合って、壁にぶつかりながら磨き上げていくんだから」

たくましい肩に寄りかかり、自分はまた同じことで落ち込んでいる、と我に返る。

「うん。そうだよね」

わかっていても、なかなか気持ちを切り替えられないのが私の悪い癖《くせ》だ。

「麻衣子が自分に足りない部分に気づいたなら、あとはあきらめず継続して頑張るだけだよ」

彼は仕事に私情を挟まない。プライベートでも、仕事が絡むとお世辞などは一切言わず、公平な意見や助言をしてくれる。

しかし、どうやら私はまだ浮かない表情をしていたらしい。京ちゃんは私の顔を覗き込むなり微苦笑を浮かべ、ソファから立ち上がった。腕を引っ張られ、流れるように肩を抱かれて、窓側に誘導される。

「え……？　なに？」

彼を見上げても、なにも言わずに優しく口角を上げるだけ。京ちゃんはリモコンでリビングの灯りを消し、窓の外を仰《あお》いだ。

「見て。今日は中秋《ちゅうしゅう》の名月《めいげつ》だよ」

「う、わあ……」

足元から天井までの大きな窓の向こうに浮かぶ、大きな丸い月を見上げて自然と声が漏れた。

中秋の名月なんて……。すっかり忘れていた。

「なんだか心の中が静かになっていく感じ」

さっきまでざわついていた胸の内が、神秘的な月明かりによって静まっていく。ぼんやりした柔らかな光が冷静さを取り戻させてくれた。

「気持ち、切り替わった？」

「あ、ごめんね……つい」

「いや。俺にはなんでも話していいんだよ。麻衣子の全部を知りたいし、受け止めたいから」

京ちゃんは後ろから抱き留め、私の頭の上に軽く顎を乗せて言った。背中から伝わる温《ぬく》もりが私の心を落ち着かせる。

「京ちゃんは月みたいだね。静かに見守る雰囲気が似て……る」

彼はくすっと笑った。

「見守るだけじゃ足りない」

彼の傾《かたむ》けた頭が視界に入ったときには、すでに唇が重なっていた。大きな月の存在も忘れ、奪われる快感に声を漏らす。

「ん、う……」

食べられてしまいそうなキスに、眉尻を下げる。いつしか京ちゃんと正面から向き合い、彼のシャツを必死に掴んでいた。

彼はゆっくりと距離を取って、ニッと口の端を上げて言う。

「今夜も前みたいに俺を止める？　今日は時間には余裕があるけど」

妖艶《ようえん》な瞳で私を惑《まど》わせる。きっと、もう一度口づけられたら理性がなくなる。

すると、私の答えを聞く前に再び鼻先を近づけてきた。

私は唇に触れられる直前、掠れ声で訴える。

「も……意地悪……んっ」

京ちゃんのキスは甘い味がする。まるで蜜を含んだ花で、私は簡単に引き寄せられる。そのまま思考を蕩けさせられ、気づけば彼の腕の中にいた。

地下駐車場へ行き、車に乗る。この時間がいつも名残惜《なごりお》しい。

夜道を走り出して数分したとき、京ちゃんが切り出した。

「実は来週発表される予定なんだけど、今度、社内コスメアイデアコンテストが行われる。これも前のコンペ同様、部署や実績関係なく応募できるんだ」

「え？　コスメアイデア？」

私は目を丸くして、運転席を向き直る。

「既存のブランドのいずれかのラインナップに加えられるような商品のアイデアを募集するコンテスト。麻衣子の仕事からは、ちょっとずれちゃうか」

「ううん。私、やってみたい！」

京ちゃんの言葉に被《かぶ》せる勢いで、前のめりになって答えた。

私の具体的な夢は、コスメの外装を手がけること。次にパッケージだ。やっぱり、自分が店頭で商品を見て手に取ったときのうきうきと湧《わ》き上《あ》がる感情になってもらえるようなものを、今度は私が生み出したい。しかし、商品そのものを考えるのも魅力的だ。もしも、運よく自分のアイデアが認められたら、それは中身も外見も自分にとって特別なものになる。

「そう言うと思った。でも、麻衣子。約束して。絶対に無理はしないって」

突然真剣な目を向けられて一瞬ドキッとしたが、すぐに笑って返す。

「うん。私こう見えて、身体丈夫なんだよ。風邪も軽く済むし、熱だってもう何年も出てないの」

健康だけが取り柄。いつからか寝込むほど体調を崩すこともなくなったし、多少仕事が忙しくなっても、ちゃんと食事もとってるし大丈夫。

目の前にさらなる目標ができて意気込んでいる私を見て、京ちゃんが苦笑いした。

「はあ。今はなにを言っても無駄かな」

「ん？」

「いや。今も昔も放っておけないなってね」

「それって、あんまりいい意味で言ってないよね？」

京ちゃんの目に映る私は、今も前みたいに危なっかしい子どものままなのかもしれない。

これはもう、年齢差だけじゃなく私の性格に原因があるのかも。だけど、自分を突き動かすこの衝動《しょうどう》を抑《おさ》えられない。

だってこの気持ちには、京ちゃんの隣に並んでも遜色《そんしょく》ない女性になりたいという思いも、ほんの少し混じっているのだから。

2. ピンキーリングの願い

あれから五日。

抱えている仕事やアシスタント業務の傍《かたわ》ら、寝る間も惜しんでコスメアイデアを練るのが日課になりつつあった。

オフィスではアイデアを考える時間などない。随時《ずいじ》先輩たちに頼まれる仕事をこなしながら、アテンションシールのデザインと向き合う。さらに隙間《すきま》時間には、今後使えるであろう素材集めも継続しているから、もういっぱいいっぱい。

「七森さん」

深見さんの呼び声に「はい！」とはきはき返事をし、席を立つ。深見さんのもとへ行くと、先週アドバイスをもらうために預《あず》けたシールデザイン画を返された。受け取った用紙には赤字がぎっしり。

「まだ全体的に詰め込みすぎてて、目が滑《すべ》る。訴求《そきゅう》対象を明確にして。色も極限《きょくげん》まで少なく、もっとシンプルに」

「はい。お忙しいところお時間いただき、ありがとうございます」

深く礼をして、デスクに戻る。深見さんの几帳面《きちょうめん》な文字がずらっと並んでいるのを見て、一瞬落ち込んだ。けれど口を引き結び、顔を上げる。

一度目よりも、二度目。二度目より三度目ってやり続ければ、絶対に改善はしていくはず。一発で完璧なものなんて、おそらく深見さんですら難しいはず。新人の私は何度も繰り返して当たり前だと思わなきゃ。

自分を励《はげ》まし、今もらった紙を片手に再びパソコンに向かう。

「あ、それって化粧水の新しいモデル？　いいんじゃない？」

ふいに先輩の声が耳に入る。ちらりと目線を移せば、先輩は捻《ね》じれた形のボトルのようなものを手にしていた。

「3Dプリンターってすごいよねえ。こんなに簡単に形状確認できるんだもの」

「ほんとほんと。デザインだって今はもうソフトありきだし、アナログでやれって言われたら戸惑《とまど》っちゃう」

ふたりの会話を聞きながら、ぽつりと漏らす。

「アナログ……」

ふいに深見さんから戻された手元の用紙を見る。

この商品の訴求対象は若い女性。インターネットが生活の一部で、店舗や商品などの口コミなどにも敏感な世代だ。

だから評価の高いコメントをうまく宣伝文句として使いたくて、商品スペックと並べてデザインの中に組み込んではいた。

『売上1位』などの数字を一番目立たせるのは前提として、その次に目を引くようにもっと注目させるような案にするといいかも。

そのためには、あえてほかの文面は短く最低限にしてあっさりとしたものに。それで、口コミの文章は、読みやすい手書き風のフォントを使ってみたらどうかな。アナログ風に。今の時代、手書きから遠ざかってるぶん、新鮮《しんせん》に感じてもらえるかも。

閃《ひらめ》いた私は、黙々《もくもく》と作業を続けた。途中、ちょくちょく雑用で席を外したりしつつ過ごしていると、気づけばすっかり定時を過ぎていた。

時計は今、七時五分前を示している。私はいつものクセでスマートフォンを確認した。大抵《たいてい》、このくらいの時刻に京ちゃんからメッセージがきているからだ。

ホーム画面を見れば、一件のメッセージ着信が表示されている。私は周りを確認し、こっそりと内容を確認する。

《今日は接待があって。明日移動の出張もあるから、今週は会えない。ごめん》

文面を見て、ちょっとがっかりしつつも自分も仕事があるからそんなには落ち込まなかった。化粧室へ移動し、ひとこと《わかったよ。頑張ってね》と返信し終えると、部署に戻って仕事を続けた。

週が明けても、相変わらず私は頭を悩ませていた。

コスメのラインナップで、すでに出ているものってなんだろう。奇《き》をてらった案は注目されやすいかもしれないけれど、それすら閃かない。

ファンデーション、アイシャドウ、リップにマニキュア……。定番商品になにかひと工夫する方法がよさそう。……なのに、肝心《かんじん》のひと工夫が思い浮かばない。ものが定まらないことには、商品イメージを描けない。

すっかり行き詰まり、ちょうど昼になって気分転換に外に出ようとしたところ、京ちゃんからメッセージがきた。

《今日は何時に仕事終わる？　会えない？》

先週は一日も会えなかった。

再会する前まで何年も会えなかった時期があったのに、今となっては一週間に一度は会いたくなっている自分に苦笑する。

私は廊下で立ち止まり、《たぶん大丈夫。六時過ぎには上がれるように頑張ってみるね》と返信をした。

待ち合わせは、午後六時半にオフィスからちょっと歩いた場所。

京ちゃんが車のドアを開け、降りてきた。すごく久々な感じがして、自然と笑顔になる。

「京ちゃん！　お疲れ様」

「十日ぶりくらいかな……。会いたかった」

まるで私の気持ちを代弁《だいべん》するようなセリフが彼の口から聞こえてきて驚いた。

「……私も」

突如、京ちゃんが私をまじまじと見つめてくる。

「な、なに？　どうかした？」

あたふたとして尋《たず》ねると、京ちゃんが僅《わず》かに眉を寄せた。

「麻衣子、ちょっと痩《や》せた？」

「えっ。どうかなあ？　ちゃんとご飯は食べてるよ」

久しぶりに会うと些細な変化もわかるのかな、とも思いつつ、自覚していなかったため私は首を捻《ひね》る。

痩せたならそれはそれでラッキー、などと軽く考えていたら、ふいに京ちゃんが腰に手を回してきた。ドキッとして彼を見上げる。京ちゃんはどこか元気のない笑顔で、それがやけに印象に残った。

「そうだ。お母さんにメールしなきゃ。すっかり忘れてた。きっともうご飯用意させちゃったなあ……あ、ちゃんと明日食べるし、大丈夫だよ」

車に乗るなりスマートフォンを出して、ひとりでぺらぺらと話し続ける。なんだか京ちゃんの雰囲気が普段と若干違う気がして、沈黙が怖かった。

「麻衣子のお母さんの料理は美味しいもんな」

シートベルトを装着《そうちゃく》しながら、ふっと笑う彼の横顔に胸を撫で下ろす。

「それお母さんに伝えたら絶対喜ぶよ～。今度連れてきなさいって言うと思う」

「麻衣子。今日はまっすぐ帰ろう。送っていく」

京ちゃんに冷静に言われ、私は時間が止まったように固まった。数秒後、ぎこちなく口角を上げ、恐る恐る聞く。

「え……なんで?」

私、なんかした？　京ちゃんの様子が少しおかしいとは感じていたけれど、怒っているとは思えないし……。せっかく会えたのに、もう別れるなんて。

不安を抱いていたら、京ちゃんは私の頭にポンと手を置いた。

「どうやら麻衣子の夕食はもう用意してありそうだし。明日もお互い仕事だからね」

「お母さんは……大丈夫だと思う、けど」

途切れ途切れに言って食い下がろうとしたが、京ちゃんはなにも言わずに微笑《ほほえ》むだけで車を出した。

そこから私の家までは、車で四、五十分。移動の時間、なにかしら会話はしていた……が、ほとんど記憶に残っていない。

とうとう家の前まで来て、車が止まった。私はぎこちない笑顔を京ちゃんに向けた。

「ありがとう。……じゃあ」

違和感を残したまま別れるのって不安だ。でも京ちゃんだって、きっと出張から帰ってからの土日もまともに休まず疲れてるんだ。

そう言い聞かせ、ドアハンドルに手を伸ばした。次の瞬間、腕を引っ張られる。びっくりして、京ちゃんを振り返った。

彼の手は、いつもよりもちょっと強引。表情も凛々《りり》しいもので、緊張が高まる。瞳を揺らしていたら、京ちゃんのもう片方の手が私の頬に触れた。

「麻衣子。俺たち、一緒に暮らさないか？」

告げられた言葉に、頭の中は真っ白になる。

京ちゃんは私の髪を撫で、最後のひと束を長い指の間から零して言った。

「この話は週末にゆっくり。今日は食事をとって、早く休むんだよ」

最後は優しい笑顔だった。だけど、いまだに私の心は動揺している。京ちゃんに「おやすみ」と言われ、どうにか「おやすみなさい」と笑って返し、車から降りて彼を見送った。

車が見えなくなっても、私は家の中に入れずにいた。

一緒に暮らす……？　それはすごくうれしい言葉だった。なのに、手放しで喜べないのは、京ちゃんがなにか抱えてそうだったから。

考えることがひとつ増えた。しかも一番重みのある内容なだけに、その日の夕食はあまり食べられなかった。

あっという間に土曜日を迎えた。京ちゃんと約束した週末だ。

あの日から、さらに寝不足に拍車《はくしゃ》がかかり、明らかに顔に影響が出ていた。それをどうにかアミュレのコスメでごまかした。お気に入りのワンピースにカーディガンを羽織《はお》って、部屋を出る直前にリップを塗《ぬ》る。

待ち合わせ場所に着くと、すでに京ちゃんの車があった。

「待たせちゃった？　ごめんね……！」

腕時計を見たら、約束の時間の五分前。とはいえ、よくよく考えたら京ちゃんはいつも早く来ていた。私もそれに合わせて、もう少し早く出発すればよかった。

「俺が早く着いただけ。遅刻もしてないのに、なんで謝るの」

今日の京ちゃんは、この間みたいな雰囲気ではなかった。内心、安堵《あんど》してナビシートに座る。

「今日は行くところ決めてきたんだ。いい？」

「うん。もちろん。どこに行くの？」

「着くまで秘密」

「えー？」

和《なご》やかなムードで車は走り出す。高速道路も利用し、約一時間半乗り続け、ついに目的地に到着したらしく、京ちゃんはエンジンを止めた。私は車の中から、きょろきょろと辺りを見回す。

「リンゴ園……？」

可愛いイラストの看板を見つけ、読み上げた。京ちゃんはニッと白い歯を見せる。

「麻衣子、フルーツ全般好きだったはずだよなあって思って」

京ちゃんの言う通り、私は小さい頃から果物が大好き。よく京ちゃんの分ももらって食べていたくらい。

「うん、好き。今の季節、お店でもいろいろ種類があっていいよね」

意外なデート先に、思わず顔が綻《ほころ》んだ。

京ちゃんが車から降りるのを見て、私も外に出た。

「リンゴは疲労回復にもいいらしいから。リンゴが赤くなれば医者は青くなるって言うだろ」

「そういえば、聞いたことあるような」

受付に向かって歩きながら宙を見てつぶやくと、さらに京ちゃんが言う。

「麻衣子、頑張りすぎてるからたくさん食べないと」

「えっ……」

受付でペンを走らせる京ちゃんを凝視《ぎょうし》する。

もしかすると、私を心配して？　というか私、そんなにわかりやすく疲れが出てるのかな……。確かに今朝の顔は、すごく不細工《ぶさいく》だったな……。

「ほら、麻衣子。受付したから、中に入ろう」

彼はにこやかに私の手を取り、歩を進めた。

「手が届くところより、高い位置にあって太陽を浴びてるリンゴがおすすめだって」

「高い位置？　あ、あれは？　こっちのほうが赤くて美味しそうかな？」

ふたりで上ばかり眺めて歩き、たわわに実っている木を見つけたら、京ちゃんが脚《きゃ》立《たつ》に乗ってリンゴを捥《も》ぐ。下で待っていた私は、彼からふたつリンゴを受け取った。

「あっちにテーブルと椅子があるって。係員が剝いてくれるみたいだよ」

「へえ。そうなんだ」

京ちゃんに促《うなが》され、係の人にリンゴを渡す。すると、機械並みに早く皮剝きを終えるものだから驚いた。さすがプロ。

きれいにカットされたリンゴが乗ったお皿を受け取り、ひと口頰《ほお》張《ば》る。しゃくっと瑞々しい音とともに、上品な甘さが口いっぱいに広がった。

「甘い～！　美味しい！」

「本当だ」

お互いに同じものを食べて笑い合う。とてもシンプルで、幸せなひととき。

一緒に暮らせば、こういう時間を今よりも多く共有できる。だったら、あまり深く考える必要なんかないのかもしれない。

秋晴れの温かな陽ざしを浴びて穏やかに過ごせば、肩の力が抜けて心がリフレッシュされる気がした。

私はお皿に乗っていた最後のリンゴをどうにか平らげ、お腹に手を置いた。

「食べ放題とはいえ、リンゴはさすがに一個が限界かも」

「はは。大丈夫だよ。持って帰れるから、あとは麻衣子の家の分だけカゴに入れよう」

京ちゃんはお皿を片付け、再びカゴを持った。

「ありがとう」

ごく自然に私の家まで気にしてくれる。月曜日もそうだった。

きっと自分が仕事で疲れているというのではなくて、夕食を作った私の母の気持ちと、母に『食事はいらない』と告げなければならない私の気持ちを汲《く》んで、あのときは早々に『帰ろう』って言ったんだと思っていた。

考え事をしつつ、私もリンゴをふたつ収穫《しゅうかく》する。カゴにそっと入れ、また新たなリンゴを探し始めた途端《とたん》、京ちゃんが目を瞬かせた。

「麻衣子、こんなに食べられるの？」

カゴにはすでにリンゴが六つ。さらに私が追加しようとするものだから、さすがに驚いたみたいだ。

「あ、京ちゃんの分もと思って。今日、時間があるならこの後、京ちゃんのお家でアップルパイとかジャムとか作ろうかなあと」

せっかく美味しいリンゴがたくさんなっているから、京ちゃんともうちょっと一緒に味わいたいし。

「あ！　パイは時間がかかるから、冷凍のパイシートにしようと思って。いい？　あ、でも甘いものはあまり食べないんだっけ」

「いや、食べるよ」

「そう？　無理はしない……で」

瞬間、こめかみにキスされる。

「きょ……こ、こんな場所で」

近くには誰もいないとはいえ、園内にはほかにもお客さんがいるのに。

「だって、可愛すぎて。麻衣子の作ったものなら、なんでも食べる」

たじろぐ私とは逆で、京ちゃんはまったく気にしていない様子だ。にっこり笑顔で、私の頭をぽんぽんと撫でる。おそらく今の私はリンゴに負けないくらい、真っ赤になっているはず。自覚すると余計に頬が火照《ほて》ってしまう。

動悸《どうき》をごまかすために京ちゃんからわざと離れ、再び美味しそうなリンゴを探した。

数分して、ひとつ艶やかなリンゴを手にしたところに京ちゃんがやってきた。

「もういい？」

京ちゃんは心地《ここち》のいい風に髪を揺らし、瞳を細めて私を見る。さっきの動揺が残っているせいか、彼の微笑みがやたらと色っぽく感じられ、さらにドキドキが増す。

「う、うん。これ以上はさすがに食べきれな……」

パッと視線を落として答えるや否や、彼が私の耳元に唇を寄せた。

「早く帰って、麻衣子を抱きしめたい」

ささやかれた言葉が耳孔《じこう》を通り、胸の奥を甘くしめつける。

今持っているリンゴみたいに、甘酸っぱい気持ちが身体全部に広がった。


「よし。あとはオーブンで二十分くらい焼けば終わり」

広いキッチンで中腰になり、オーブンを覗いてつぶやいた。ソファからキッチンへやってきた京ちゃんが興味深げに言う。

「そんなにすぐできるものなんだ」

「パイ生地から作るとなると、もっと時間はかかっちゃうよ。冷凍パイシートって本当便利なんだ～。この前も、お母さんと一緒にシチューポットパイ作って……」

うっかりなにも考えずに話を膨《ふく》らませたあとに、はたと思い出す。

月曜の夜、私の母が料理作っているだろうし……っていう流れから、『一緒に暮らそう』って言われたんだった。

「そうなんだ。美味しそう」

「う、うん。美味しかった。ただパイシートで蓋《ふた》をして焼くだけなんだけどね！　今度……作る？」

「本当？　楽しみにしてる」

変な間を生んじゃった気がしたけど、京ちゃんは普通。私はこっそりと気持ちを落ち着かせる。

「麻衣子、休んだら？　帰ってきて休む間もなくキッチンに入ってたし」

「あ、だけどまだジャムを煮詰めてるから」

オーブンは焼きあがるまで置いておいても大丈夫。あとは、ＩＨにかけているジャムの鍋を見ていなきゃいけない。

「それくらいなら俺が見れるから。ソファで紅茶でも飲んでて。今、俺が用意するよ」

「ええ？　うーん。じゃあ私、洗い物だけ済ませ……ひゃっ」

京ちゃんと場所を交代し、シンクへ行こうとしたらスリッパの先を引っかけ、つんのめる。よろめいた身体を、京ちゃんが片腕で支えた。

「ごっ、ごめんね」

なにも躓《つまづ》くものもないのに失態だ。

恥ずかしくなって俯くと、京ちゃんはそのまま私を後ろから抱きしめた。ドキッとしたのも束《つか》の間《ま》、気づけば彼に横抱きされていて目を剥いた。

「京ちゃ……急になにする……っ」

「こうでもしないと、麻衣子はずっと動き続けそうだから」

優しい瞳を向けられ、私は黙っておとなしくソファに運ばれる。京ちゃんは私をそっと下ろしたあと、旋毛《つむじ》にキスを落とした。彼をまともに見られず、視線を彷徨《さまよ》わせる。キッチンに立つ姿を盗み見て、ドキドキと脈打つ胸に手を添えた。

数分経って、京ちゃんがティーカップを持ってきた。綺麗《きれい》に透《す》き通ったオレンジの水色《すいしょく》を覗き込めば、芳醇《ほうじゅん》な香りが鼻孔を擽り、自然と頬が緩む。

「いただきます」と小さくつぶやき、ゆっくり口に含む。まるで、身体全体に紅茶の香りと温かさが広がるようで、私はすっかりリラックスした。

視界が霞《かす》んでいる。はっきりと見えない分、わかるのは静かな空間と微《かす》かなアップルパイの匂い。アップルパイが焼けたんだ……とぼんやり考えたところで、はっと完全に目を覚ます。

「えっ、嘘《うそ》！」

上半身を起こすと、身体にはブランケットがかけられている。

知らぬ間にソファに悠々《ゆうゆう》と足を伸ばして寝ていたなんて。

きょろきょろと辺りを見回すも、京ちゃんの姿はない。足元を見れば、スリッパが揃《そろ》えてあった。私は足を通し、ドアへと足を向ける。

「ひゃっ」

出会い頭《がしら》に京ちゃんとぶつかりそうになって声を上げた。

「麻衣子！　起きたの？」

「うん。私寝ちゃってたんだね……。ごめんね」

せっかくの休日デートを台無しにしてしまった。楽しみにしていた時間を無駄にしたのと迷惑をかけたのとで、ちょっと落ち込む。

「俺は麻衣子の気持ちよさそうな寝顔が見れて安心したから、気にしないで」

顔を上げるや否や京ちゃんに促され、再びソファに戻って並んで座る。

「麻衣子、今は夢中になってて気づいてないんだろうね。かなり疲れが溜まってるよ。

それに抱え上げてやっぱり痩せたって確信した。……俺のせいだね」

「なっ……どうして京ちゃんのせいになるの」

極端な言いぶんに、思わず大きな声を出す。

気にかけられているのはわかっていた。ただ、まさかそこまで心配させていたとは思わなかった。

京ちゃんは眉を寄せる私を見て、「ふっ」と苦笑いを浮かべる。

「コスメデザインの件を勧めたら、麻衣子がより多忙《たぼう》になるのは予想できていた。だけど、前回のコンペですごくがっかりしていたから、同じようなチャンスがあれば挑戦したいだろうなと思ってつい……」

「それは！　京ちゃんから教えてもらわなくても、社内で知れば、私は絶対にやるって言ってたし」

「うん。だけどやっぱり麻衣子、自分を追い込みすぎだよ。焦りすぎなくらい」

言下《げんか》に言葉を重ねられ、私は口を噤《つぐ》む。

基本的に京ちゃんは、私の話を必ず最後まで聞く。それをせず自分の意見を言ってしまうくらい、彼も感情的になっているんだろう。

京ちゃんの真剣な気持ちに触れ、私はきちんと目を合わせて向き合う。

「心配かけてごめんなさい。私も……自分で欲張りだって思ってる。それでも私は、じっとしていられない」

心配させて迷惑をかけているってわかってる。そうかといってあきらめるのは嫌だし、夢を追いかけるときにペース配分を考えられるほど器用じゃない。なら、もう突き進むのみだ。

こういう部分が、年上で落ち着いた性格の京ちゃんとの差なんだろうな。

心の中で自分の足らない部分に辟易《へきえき》していると、ふいに頭を抱き寄せられた。

「それも理解してるよ」

京ちゃんの胸にくっついて優しい声を聞いていたら、なんだか涙が出そうになる。

「そんな麻衣子を、家族が支えてくれているのも。だけど俺は、麻衣子が毎晩部屋にこもって根詰《こんつ》めてるんじゃないかとか、食事も睡眠もまともにとっていないかもって、気が気じゃない」

京ちゃんの手の力が、ぎゅうっと強くなるのを感じる。なにか言わなきゃ、と腕の中から京ちゃんを見上げようとした瞬間。

「マイ。俺のところに来てほしい」

切なげな瞳でそう言って、彼は私の頬に軽く口づける。私が彼の言動に翻弄《ほんろう》されていたら、ポケットから出した小さな箱をおもむろに差し出された。

なにかと思って注視すれば、開かれた箱の中にあったのは指輪——ピンキーリング。

京ちゃんは私の右手を取り、小指にリングを通す。

「これ……なんで？」

私はすっかり、『俺のところに来てほしい』という言葉も忘れ、真ん中にリボンを象ったピンクゴールドのリングしか見えなくなる。

「婚約指輪を贈ろうかとも思ったけど、今回の急な話は俺のわがままみたいなものだから……。それはまた改めてプレゼントする。だから今はこれで」

「可愛い……。なんか私、してもらってばっかり」

プレゼントだけじゃなく、気晴らしに遠くまで連れていってもらったり、普段から気を遣《つか》わせてばかりだ。

「これくらいでそんなこと言うの？　俺、まだまだ麻衣子にしてあげたいことたくさんあるよ」

「え？」

「麻衣子の好きなもの食べに行ったり、旅行にも連れていきたいし。あ、世界中のいろんなものを一緒に見て回るのもいいな。各国のショップで可愛い麻衣子をさらに着飾らせて自慢して歩きたい」

「じ、自慢って。私なんか」

「可愛いよ。素直でまっすぐな性格や、頑張り屋で甘え下手なところも全部」

京ちゃんが臆面《おくめん》もなく褒《ほ》めるものだから、恥ずかしくなって顔が熱くなる。火照る頬に両手を添えて隠した。

すると、手を重ねられ、至極《しごく》真剣な瞳と視線がぶつかった。

「お互い仕事が忙しいからこそ、一日でも早く一緒にいる時間を増やしたい」

胸が高鳴る。もう何度もこうして触れられて、大人になった彼を自分の両眼に映しているのに全然慣れない。ずっとドキドキし続けてしまう。

彼の真剣な眼差《まなざ》しに心を奪われ、いつの間にか力が抜け落ちた手は京ちゃんがしっかりと握っている。

安心も緊張も幸せもくれる、大きくて温かい手。

「麻衣子、俺と結婚してくれませんか。ずっと大切にするって約束する」

迷いなんてない。彼は絶対に約束を守る人だって知っている。それに、私も同じように大切にしたいって……ずっと一緒《いっしょ》にいたいって思えるのは京ちゃんだけ。

「……はい。私でよければ」

気持ちが昂《たかぶ》って目尻に涙が浮かぶ。零れ落ちないように堪えていたら、喉《のど》の奥が熱くって掠れ声になった。

視界がぼやけて、京ちゃんの表情もわからない。涙を拭《ぬぐ》おうとしたときに、力強く抱きしめられた。苦しいくらいの抱擁《ほうよう》に、私の返事に喜んでくれているのかなと思った。

「すごくうれしい」

肩口に落とされた彼の言葉に、胸が甘くしめつけられる。

京ちゃんの声色《こわいろ》が普段とちょっと違う。本当にうれしくてそれを必死に堪えているような、そんな声。

私は京ちゃんの背中に手を回し、きゅ、とシャツを握る。おもむろに瞼を下ろすと、京ちゃんと心音が重なった気がした。

「麻衣子は俺が一番欲しくて、何度もあきらめかけたものだから。ちょっと、感極《かんきわ》まった。ごめん」

そう言った京ちゃんの声は、もう元通り。ゆっくり身体を離しつつ、傾けた顔が近づいてくる。再び目を閉じると唇が重なった。数秒後、口を離していった京ちゃんは私の右手を掬《すく》い上《あ》げて微笑む。

「これは意味があるんだって。右手の小指にする指輪は、チャンスや幸せを呼び込むらしい。今の麻衣子にちょうどいいだろ？」

「そうなんだ。知らなかった」

私は改めて小指のリングを見つめ、ぽつりとつぶやいた。

「麻衣子の仕事をむやみに制限するつもりはないよ。俺も応援してるし支えたいと思ってる。ただひとつ、わかって。麻衣子の身体が心配なんだ」

京ちゃんは優しい。私よりも大人でいろいろな経験の差もあって、やっぱりどうしても守ってもらう側になってしまう。

きっと私が迷惑をかけないように、といくら頑張ったところで彼の負担はなくならない。

「重荷にならない？　一緒に住むって、私が仕事で疲れて落ち込んで、八つ当たりだってしちゃうかもしれないし……。京ちゃん、自分の家なのに休まらないかもしれないよ？」

「重荷だなんて思わないよ。確かに、毎日平和って保証はないかもしれないけれど、それが家族になるってことでしょ？」

柔らかな表情で言われ、どこかほっと安心する。同時に、『家族』というフレーズに背筋が伸びた。

これからずっと一緒にいるっていうのは、夫婦になり、家族になること。

支えてもらうばかりではなくて、私も彼のサポートをしていかなければならない。

もちろん嫌じゃない。一日でも早く、京ちゃんが自然と寄りかかれるような人になりたい。

「俺はね。麻衣子と〝家族みたいな関係〟じゃなく、彼氏彼女の関係になりたいと願っていた。それが叶《かな》った今、〝本当の家族〟になりたいって思ってる」

私たちは幼馴染み。六歳の差があって、兄と妹みたいな関係だった。さながら〝家族〟みたいだった、と私も思う。

「信じられないよ。私はずっと妹でしかいられないと思っていたのに、京ちゃんのお嫁さんになれるだなんて」

小さい頃から手を引かれ、後ろからついていくだけだった。ようやく隣に並んで歩けるようになったかと思ったら離れ離れになって、結局京ちゃんには追いつけないんだって打ちのめされた。

それが、家族として京ちゃんの横に立てる日が来るなんて——。

私は夢見心地《ゆめみここち》で京ちゃんを見つめる。右手の小指の感覚で、これは現実なのだと確かめた。

「どうぞよろしくお願いします」

私が頭を下げると、不安げな面持《おもも》ちだった京ちゃんが見る見るうちに笑顔になる。

私の返事ひとつで顔を綻ばせてくれるのが、なによりもうれしい。

「大好き」

私は大きく手を広げ、京ちゃんに思い切り抱きついた。


週が明け、いつもと同じルーティンで仕事をなんとかこなす。

今日はなにかと作業するたびに、ピンキーリングが視界に入って力をもらってる。

おまじないのような些細《ささい》なものだってわかってても、京ちゃんが願《がん》かけしてくれたからチャンスを掴《つか》める気がしていた。

オフィスで黙々とアテンションシールの仕上げに取りかかっていたら、声をかけられる。

「へえ。前回からずいぶん思い切って変更したわね」

ぱっと顔を上げると、私のパソコンを眺めていたのは深見さんだった。

「あ、あの、前のだと主観的過ぎるっていうか……視点が自分寄りだって思ったんです。それで……」

深見さんは「なるほどね」と含みを持たせる。ハラハラしていると、僅かに口の端を上げる深見さんが瞳に映った。

「いいんじゃない。あなたはこの商品について説明できない部分がないくらい頭に入ってるんだから。消費者側に立って俯瞰《ふかん》で見て考えたら、どういうデザインがいいのかわかってきたんでしょ？」

私が心の中に抱いていた感情を正確にいい当てられ、驚くとともにやっぱり尊敬できる人だと思う。

深見さんはデスクに戻る直前、私を一瞥《いちべつ》して言った。

「コンテストの準備もしたいんじゃないの？　だったらダラダラ考え続けていないで、思い切って仕上げなさい」

「は、はい！」

背筋が伸び、声に張りが出る。憧れている上司に激励されて、私はさらに集中して仕事と向き合ったのだった。

定時もとっくに過ぎ、七時を過ぎた頃、私は一度休憩を挟むことにした。財布を片手にリフレッシュルームへ向かう途中、スマートフォンが振動した。京ちゃんからの着信とわかり、狼狽《うろた》える。

京ちゃんは私がオフィスにいそうな時間には、メッセージはしても滅多《めった》に電話はかけてこない。なにか急用かと思って、ひと気のない廊下に移動して小声で出た。

「も、もしもし？」

『ごめん。麻衣子、今週末の予定ってどうだっけ』

話し始めるや否や用件を口にする辺り、どうやらやはり急ぎの用っぽい。

「百貨店のオータムコスメフェア最終日が土曜で、夕方までには見に行こうかなって思ってたの。日曜日は空いてるよ」

『あー。そっか。わかった』

「もしかして、ご挨拶《あいさつ》の日程……？」

京ちゃんに『一緒に暮らしたい』って、『結婚しよう』って改めて言われたとき、私は言った。

『まずはきちんと京ちゃんのご両親にも挨拶をしたい』、と。

私たちが交際を始めたときの報告も、実は私の両親にしかしていない。そのため、今回は先に京ちゃんのご両親に挨拶をしにいきたかった。結婚を前提とした同居だ。

私の両親はもちろんだけど、京ちゃんのご両親にも許しをもらわないと先へは進めない。なんて言ったって、彼は大企業の次期社長。当人同士が勝手に将来を決めていい立場じゃないはずだもの。

改めて考えると、すんなり結婚の許しを得られるんだろうかと不安になる。

『うん。まあでも今週は無理そうだな。来週以降で予定調整してみるよ』

「わっ、私、土曜日合わせるよ！　個人的な用事だから必ず行かなきゃならないわけじゃないし……！」

心配事は早めに解決したい。京ちゃんのご両親に無事挨拶をして、はっきりと認めてもらえたら安心できるはず。

そう思うあまり焦《あせ》りを滲《にじ》ませて答えたら、冷静に返される。

『今年のオータムコスメフェアは、その日しかチャンスがないだろう。仕事にも活かせるし為《ため》になる。行ったほうがいい』

「で、でも」

『大丈夫。うちの親はいくらでもチャンスあるから。麻衣子、まだ仕事中だったんだろ？　悪かった。それじゃあ』

すっぱりと言い切られ、私は渋々引き下がる。

正直コスメフェアには行きたいし、今回は京ちゃんの言う通りにして、次の機会を待とう。

スマートフォンを握って胸に当てて、ひとり小さく頷く。私はリフレッシュルームで飲み物を買って、再び仕事に戻った。

それから約三週間経った。いまだに京ちゃんのご両親と予定が合わず、さすがに私も不安になる。

日曜日の今日、京ちゃんと街でウインドウショッピングをしてきたけれど、実家訪問の件が胸に引っかかっていて落ち着かなかった。

京ちゃんが淹《い》れてくれた紅茶を見つめ、ぽつりと零す。

「こんなにタイミングが合わないって、神様が『今はやめなさい』って言ってるんじゃ……」

当然ながら、好きな人のご両親に挨拶をした経験はないから、どうもネガティブになりがちだ。それとも会うタイミングが合わないって、一般的なんだろうか。

ぐるぐるとマイナス思考を巡らせていると、京ちゃんが隣に座って笑った。

「そんなバカな。お互い仕事してたら予定が合わないっていうのは、十分ありえる話だろう？」

「そう、かな……」

確かに社会人になると、学生の頃の友達とはなかなか会えない。まして、彼のお父さんは私が勤める会社の社長。多忙なのは十分理解してる。でも避けられているのかなって頭を掠めるときがあって、時間が経過するたび怖くなっていく。

「私、京ちゃんのお父さんって、ほとんど顔も合わせたことがなかったし。入社式で遠くから見た雰囲気がきりっとしてて、思わず背筋が伸びちゃった」

とても精悍《せいかん》な印象を受けた。入社式の挨拶も一切笑顔を見せず、凛々しい表情だった。〝怖い〟っていうのとは若干違うけれど、取っつきやすい人柄とも思えなくて。

京ちゃんは弱気になった私の肩を抱き寄せる。

「それは社員の前だからだよ。自宅では気を抜いてるただのオジサン」

「想像できないよ。京ちゃんのお父さんって、オジサンじゃなくて、オジサマって感じだったもん」

「ははっ。素《す》を知ってる身内が聞くと笑っちゃうな」

京ちゃんの笑い声で、ほんのちょっと気持ちが和《やわ》らぐ。ふいに、彼が私の目を覗き込んできた。

「ま、俺はたとえ神様の忠告だったとしても、簡単にあきらめたりしないよ」

勝気に口の端を上げ、私の前髪をくしゃっと撫でる。彼が言うだけで、思い悩んでいる不安も、容易《たやす》く解決するって気持ちになるから不思議《ふしぎ》。

そこに着信音が聞こえてきた。京ちゃんのスマートフォンだ。彼はソファを立って、テレビボードの隅に置きっぱなしだったスマートフォンに手を伸ばす。着信はメッセージらしく、立ったまま確認している京ちゃんをジッと見る。

「ほら。大丈夫だった」

彼は突然そう言って私に笑顔を見せる。

「来週の土曜日に決まったよ。麻衣子もその日は大丈夫だったよね？」

「えっ。本当？」

朗報《ろうほう》に思わず前のめりになる。いよいよ前に進める、と安堵したのも束の間、緊張感に襲われる。

「日にちが決まったら決まったでドキドキしちゃう」

どんな服装がいいか、きちんと受け答えはできるか。大切な人の両親に、気に入ってもらえるのか。

次から次へと心配事が浮かんできて、表情が強張《こわば》ってしまう。京ちゃんは私の隣に腰を下ろし、苦笑した。

「麻衣子は悩みが尽きないね」

「だって私は京ちゃんみたいになんでも揃ってる人間じゃないから、自信もなかなか持てないし……。そうかといって私も簡単にあきらめられないから、いろいろ悩んじゃうの」

もし厳しい意見を突きつけられたとしたら、へこむと思う。ただ、それで俯いて終わりではなくて、そこから顔を上げて踏ん張りたい。

そのくらい、私の中で彼への想いは大きなものだ。

決意も新たに京ちゃんに宣言するなり、深いため息で返される。思いも寄らない反応に、さすがに動揺した。

彼を横目で見ると、大きな手のひらで顔を覆《おお》っている。

「あー……もう。幸せすぎる」

ぼそっとつぶやいた言葉に目を丸くする。私が拍子抜けして、ぽかんとしていたら京ちゃんはふっと笑った。

「俺をあきらめたくないって言うマイが可愛すぎて」

私は頬が熱くなるのを感じ、そっぽを向いてごまかした。

約束前日の金曜日。私は定時でオフィスを出た。京ちゃんはどうやら今日は忙しいみたい。

まっすぐ帰宅して、デザイン案を練ろうか。いや、それよりも明日に備えて、ゆっくりしたほうがいいかな。

考え事をしながら、足は勝手に駅へ向かう。明日のシミュレーションをしていくうちに歩調が緩み、ついに止まった。

それなりに綺麗めな服は持っているから、うまく組み合わせたらいいかなって思っていたけれど、やっぱり新しい服も見てみよう。せっかく時間もあることだし。

私は再び足を踏み出し、駅へと向かった。新宿で降りて、ファッションビルへ向かう。

ぶらぶらとディスプレイを眺めて歩き、時折手に取って鏡に合わせてを繰《く》り返《かえ》す。

次の目的ブランドの店に着いて服を見ていたら、スタッフが近づいてきた。

私はグイグイと押してくるスタッフがちょっと苦手。つい意識して目も合わせず、その場を離れようとしたら声をかけられる。

「麻衣子？」

びっくりしてスタッフを見ると、彼女は大学時代の友人だった。流行《はや》りを取り入れたおしゃれな服を着た彼女は、笑顔を弾《はじ》けさせる。

「久しぶりーっ！　大学卒業以来？」

「みっちゃん、ここのスタッフだったの？　知らなかった」

彼女は松本美希《まつもとみき》。大学のサークルで知り合ってから、ときどき何人かで集まって遊んだりした。

就職活動で忙しくなってから、ほとんど顔を合わせる機会もなくなって、卒業後の今もなお、みんな多忙な日々を送っているのか、メッセージはあっても『会おう』とまではならなかった。

みっちゃんは、アパレル店員になったんだ。アパレル業界も大変だって聞いたから、毎日忙しいんだろうな。

「うん。麻衣子は？」

「あ、私は〝ピスカーラ〟で働いてるよ」

「ああ、そうだった！　昔からそのメーカー好きだったもんね。すごいね、好きな会社に就職できるなんて」

「みっちゃんもでしょ？　違うの？」

彼女も学生時代から、おしゃれが大好きな子だったのを覚えてる。きっと希望していた仕事なんだろうと思って言ったら、みっちゃんはやっぱり「まあね」とはにかんだ。約半年ぶりに会っても、自然と会話が弾んでほっとする。

「麻衣子、どんな服探してるの？　出勤用？　私服？」

「ええと、どちらかというとフォーマルに近い感じの服がいいかな」

「親戚《しんせき》の結婚式とか？」

最後の質問に、やや間が空いた。私は面映《おもは》ゆい気持ちでぽつりと答える。

「ううん。彼のご両親に挨拶するから……」

こういう話を誰かにするのって初めてだ。

「ええ！　それって、結婚の挨拶？」

心底驚いた様子で尋ねられ、おずおずと頷く。

「そ、そんな感じかな……？」

みっちゃんはよっぽど信じられないのか、茫然として私を見ている。相当びっくりしたんだろう。ようやく表情の柔らかさを取り戻した彼女は、赤いリップを塗った口を弓なりに上げる。

「そうなんだ。おめでとう」

「ありがとう」

こんなふうに祝福されるのも慣れなくて、気持ちが落ち着かない。そわそわして、近くの服を見るふりをしてごまかしていたらみっちゃんが口を開く。

「今の結婚平均年齢って確か三十前後でしょ。そう考えたら早い決断だよねえ。それに麻衣子、彼氏いなかったよね？　ってことは、彼とは付き合い始めて日が浅いんじゃないの？」

心配……させたのかな。確かに大学卒業まで私に彼氏がいなかったのを知る人からすれば、あまりに展開が早すぎると思われて当然だ。

「うん。付き合うようになったのは最近だけど、ずっと前から知ってる人なの」

「そっか。じゃあどんな人かっていうの、お互いわかってるんだね。やー、それにしても麻衣子が人妻かあ。一番子どもっぽいと思ってた麻衣子がねえ。結婚したら仕事はどうするの？　せっかく好きな会社に就職できたんでしょ？」

「続けたいって思ってるよ。彼も私の仕事を応援してくれてると思う」

オフィスではほとんど顔を合わせはしなくても私の仕事の内容を知っていて、誰よりも理解している。静かに見守ってくれる彼がいて、私は恵まれている。

「へえ。いい人捕まえたね。うらやましい。で、まずは挨拶なんでしょ？　ああいう服とかどう？」

「あ、素敵《すてき》」

白に近い淡いピンク色のワンピース。大きめのウエストリボンが可愛らしい。スカート丈も短くないし、すっきりとしたAラインが落ち着いていて、いい感じ。

「入荷したばかりだよ。着てみたらいいよ」

みっちゃんに促され、パンプスを脱いでフィッティングルームに入る。彼女からワンピースを受け取ると、カーテンが仕切られた。

「結婚か……私には全然考えられないな。すごいね、麻衣子」

カーテン越しに聞こえた声に戸惑う。

「すごくなんか……」

壁にかけたワンピースを見つめるだけで、なにも言えなかった。

私だって、自分が背伸びし続けてる気がする。服装もそうだし、仕事もそう。京ちゃんの隣にいることだって。結婚も実感がわかない。ご両親への挨拶も、どうしたら好印象を持ってもらえるのかなって必死だ。

「最近、中学の頃の友達が妊娠して結婚するって話聞いたばっかりでさ。悪阻《つわり》で大変そうなのに、結婚の準備で彼の実家に行ったり来たりって、苦労にしか思えなくて」

彼女の言葉に、複雑な感情を抱く。

確かに結婚って響きは幸せなイメージが先行するけれど、ふたを開ければいろいろな事情が詰まっていて、大変なこともあるよね。

「私、結婚って向いてない気がして。家族になれば、親戚付き合いもあるじゃない。相性いいとは限らないし。旦那になる人の会社や交友関係とかね。私って人付き合い得意じゃないから」

「みっちゃんはショップのスタッフだし、私には十分社交的に思えるよ」

ため息交じりに話す彼女に、明るく返す。

そうしなきゃ、なんだか今まで深く考えていなかった問題に私までも不安になりそうで。

「これは仕事だからね。服が好きだし。プライベートはまた別よ。ま、麻衣子はうまくできそう。頑張って」

最後は軽いノリで言われたけど、私の心はすっきりしないまま。

明日の挨拶が無事に終わるよう祈りつつ、みっちゃんからショップバッグを受け取って帰路についた。

翌日は土曜日。

緊張のあまり、全然眠れなかった。いつもよりも入念にメイクをして、午前中のうちにまずは京ちゃんのマンションへ行き合流する。

「いらっしゃい。あれ。今日はちょっと雰囲気違う服だ」

玄関で私を招き入れるなり、服装に触れられて照れくさくなる。

「昨日買ってみたの。今日はホテルで食事するって言ってたし」

「ピンク色の服、あまり見ないせいかな。麻衣子って服装は意外に落ち着いた色のものが多いから」

「あ……通勤用の服装がほとんどになっちゃったから。もう二十三だし可愛いものは小物だけにしようかなって」

「そっか。でもその服は色味もデザインも大人っぽいね。麻衣子に似合ってる」

「あ、ありがとう……。京ちゃんって褒め慣れてるってくらい、自然と喜ばせる言葉が出てくるよね」

これからが本番なのに、すでに心臓がドクドクいってる。かあっと熱くなった耳に、彼が艶のある声を吹き込んだ。

「はは。俺は思ったことを率直に伝えてるだけ」

京ちゃんの息の感触が残る箇所を手で押さえ、彼を見上げる。さらに鼓動が速まっていくのを感じた。そこに、スマートフォンの着信音が聞こえてくる。

京ちゃんは「ちょっとごめん」と言い残し、先にリビングに向かった。

「もしもし。どうしたの？　え？　レストランをキャンセル!?　なんで急に」

リビングに入れば、聞こうとしなくても会話が耳に入ってくる。電話の相手は大体察しがついた。おそらく、京ちゃんのご両親のどちらかだ。

まさか、ここにきてまたキャンセルだなんて……。やっぱり、私が避けられてるのかもしれない。

あまりに続くすれ違いに、さすがに偶然とは思えずマイナス思考に囚《とら》われる。

「わかったよ。時間は変わらず十二時でいいんだね？　じゃああとで」

京ちゃんがそう言って通話を切る。

「ど、どうしたの？」

「うーん。今日はホテルでランチって言っていたのに変更にされた。なんか二、三日前から自宅でって思い直したらしいんだけど、それを俺に伝え忘れてたって」

「変更？　中止ではなくて？」

「そう。だから家に来いってさ。連絡もこんなにギリギリにするとか……。うちの母親、昔からそういうところがあって。本当、この間から振り回してごめん」

「ううん。京ちゃんのお母さんも、私が小さいときから忙しそうなイメージあるから」

「いろいろ興味があるのはいいんだけど、周りが見えなくなりがちなんだよなあ」

京ちゃんがため息交じりに零す。私は笑顔で返しつつも、急な自宅への招待に緊張が高まっていった。


京ちゃんの実家に到着し、意識的に深呼吸を繰り返す。京ちゃんのマンションよりもさらに立派なタワーマンションを前に、いっそう緊張する。

昔、彼の実家は私の家の隣だったが、京ちゃんが仕事で海外に行き始めた頃、瀬尾家も引っ越してしまった。引っ越し先については都内とは聞いていたけれど、具体的な住所は知らなかった。こんな高級そうなマンションに引っ越していたんだ。

京ちゃんが車を来客用の駐車場に止め、エントランスに向かう。大理石のエントランスにびっくりしながら慎重に段差に足をかけたとき、京ちゃんが急に凛とした声を発した。

「こんにちは……！　お久しぶりです」

「京一くん。久しぶり。いつも娘がお世話になって」

聞き慣れた男性の声に驚愕《きょうがく》する。

「えっ……！　お、お父さん！　な、なんでっ⁉」

そこにいたのは、私の父と母。ありえない遭遇《そうぐう》に言葉が続かない。動揺して京ちゃんに目を向けたが、彼が小さく首を横に振ったのを見て彼も関知しないことだったのだと察する。

「麻衣子～！　ちょうどよかった」

「いや、ちょうどよかったって……。待ってよ。どうしてここに？」

母は相変わらず緊張感もなく、マイペース。娘の私は現実が受け止めきれなくて、困惑《こんわく》しているというのに……。

「二、三日前に、京一くんのお母さんにご招待されたのよ。麻衣子たちには内緒《ないしょ》にって言われてたから教えなかったの。やっぱり麻衣子たちも招待されてたのね？　そうかなあって思ってた」

母の話を聞いてもピンと来ず、ぽかんとする。

「ど、どういう話になってるの……？」

「わからない。ひとまず開けてもらおう」

京ちゃんはそう言ってインターホンに手を伸ばし、ルームナンバーを入力して呼び出しボタンを押した。

短い返事と同時に、重厚な扉が開いていく。

京ちゃんの後ろに私たち親子がついて歩き、エレベーターで最上階まで向かった。

京ちゃんは父となにやら話をしていたけれど聞き耳を立てる間もなく、母が話しかけてくる。

「すごく立派なマンションねえ。本当にこういうところに住んでる人っているのね」

エレベーターの中をきょろきょろしている母の腕を引き、こっそりと尋ねる。

「お母さん、招待されたって、いったいどうやって？」

「え？　どうやってって、メッセージアプリよ。前に麻衣子がいろいろと教えてくれたじゃない」

一か月ほど前、母もついにスマートフォンに変えた。その際、今や幅広く利用されているメッセージアプリを入れたのは、確かに私。自分が母との連絡手段を楽にしたくて登録した。母は機械関係に疎《うと》いから、アプリを使いこなすのも難しいと思っていたのに。

「京ちゃんのお母さんとメッセージやり取りしてるの？」

「やり取りはしてなかったわ。あちらから連絡がきて初めて、アプリに京一くんのお母さんの名前が入ってるって気づいたくらいよ。あれって不思議ねえ」

「じゃあ、京ちゃんのお母さんから連絡がきたの？」

そうか。メッセージアプリには、スマートフォン本体に登録されている電話番号から相互でリストに入るから……。

「そうなのよ。久々に理香《りか》さんから連絡が来たのはうれしいけれど、会うのが数年ぶりだと、ちょっと緊張するわね。しかも、こんな立派なマンションに招待されて」

「お母さんは『ちょっと』かもしれないけど……」

楽観的な母を見て、小さくため息をつく。まあ考えようによっては、初めて訪問するのに私ひとりじゃないということだし、心強いかもしれない。

エレベーターが到着し、ぞろぞろとフロアへ降りる。二十階の景色や手入れの行き届いた塵《ちり》ひとつない廊下に一瞬戸惑う。京ちゃんは自分の実家だから、当然まったく怯《ひる》まず歩を進め、躊躇《ためら》いもなく玄関のドアを開けた。

「わざわざお越しいただき、ありがとうございます。どうぞ上がってらして」

出迎えてくれた京ちゃんのお母さん——理香さんを見て、懐《なつ》かしい気持ちになる。

「スリッパ使ってね」

「あっ、ありがとうございます。お邪魔します」

ニコッと優しく笑いかけられ、どぎまぎする。

理香さんの髪は昔よりも随分《ずいぶん》短い。肩までのミディアムパーマが動きとともにふわりと揺れ、フローラルのいい香りがした。

広い廊下を進んでいくと、リビングに着く。一歩足を踏み入れた瞬間、窓からの素晴らしい景色とモデルルームのような部屋の雰囲気に目を奪われた。

私が茫然としている間に、京ちゃんのお父さんがソファから立ち上がった。

「こんにちは、七森さん。ご無沙汰《ぶさた》しております」

六十間近の男性とは思えないほど若々しい。さっき京ちゃんのお母さんを見ても思ったけれど、ふたりともスタイルも崩れてないし容姿端麗《ようしたんれい》だ。

「本日はお招きありがとうございます。それと娘が公私ともにお世話になって……これ、お口に合うかわかりませんが」

父が頭を下げて挨拶をし、手土産《てみやげ》を渡している。私も自分で菓子折りを手に持っていることを思い出し、慌《あわ》てて挨拶をする。

「ほ、本日はお忙しい中、ありがとうございます。七森麻衣子と申します」

こういう場面での挨拶文句って、どう言ったらいいのかわからなくていろいろと調べてきた。それなのに結局動揺しちゃって、気の利《き》いた言葉も言えなかった。

頭の中が軽くパニック状態のまま、次はなにを言おうかと考えていると京ちゃんのお父さんが朗《ほが》らかに笑った。

「ははっ。取引先との挨拶みたいだな。こうして話すのは初めてかもしれないね。瀬尾敬一《けいいち》です。麻衣子さん、うちのデザイン部に入ったんだってね」

目尻にしわを作り、穏やかな口調で言う敬一さんを見て目を丸くする。

あれ？ こんなに優しい雰囲気の人なの？ 入社式では、もっと近寄りがたくて怖そうな印象だったのに……。

「は、はい。大学生の頃からずっと〝アミュレ〟シリーズが好きで……」

「〝アミュレ〟は私も思い出深いものだから、好きと言ってもらえてうれしいよ」

渋い声と微笑む顔はとてもかっこよくて、まるで将来の京ちゃんを見ているよう。

「そうなんですか？」

「ああ。私が世代交代したあと、ようやくヒットさせたブランドでね」

う、わあ。落ち着いて向き合うと、顔や表情だけでなく話し方まで京ちゃんと似ているかも。

そう思った途端、敬一さんを直視できなくなって咄嗟《とっさ》に俯いた。

きちんと目を合わせて話をしなきゃ、と焦る一方、どうしてもドキドキして顔を上げられない。

「今日はふたりが挨拶したいというから、それなら七森さんへ私どもも一度挨拶をと思いまして。本来お伺《うかが》いすべきところを、お呼び立てしてしまい申し訳ありません」

すると、今度は理香さんがニコニコ顔で料理を手にやってきた。

「いきなりホテルで食事となれば、七森さんたちも支度が大変かと思ったの。だったら、ホームパーティーのほうが気兼ねなく過ごせるんじゃないかと思って」

改めて辺りを見回した際、ダイニングテーブルに並んでいる料理に気づく。まるでこの間京ちゃんがオーダーしたケータリングのような豪勢な料理で、驚きを隠せない。

これ、まさか理香さんがひとりで作ったの……？　こんなに料理が上手なら、私の料理は恥ずかしくて見せられないレベルだ。

まだ認めてもらっていないのに、将来を想像して不安を抱く。うっかり黙り込んでいたら、私の横に立つ京ちゃんが憤慨《ふんがい》して口を開いた。

「だからって、急すぎるだろ。こっちの迷惑を考えろよ」

京ちゃんって常に優しいイメージだけど、お母さん相手だとこんな態度を取ったりするんだ。意外だし、ちょっと新鮮。

「仕方ないじゃない。久々に美千子《みちこ》さんとゆっくり話したいなぁって思っちゃったんだもの」

「それは母さんのわがままだって言ってるんだよ」

「ほら。やっぱり。京一はそうやって反対すると思った。だから直前まで秘密にしてたのよ。大体、京一はオフィスで麻衣子ちゃんとの交際を報告したって言うじゃない。本気なのはわかったけど、それならちゃんと私たちから麻衣子ちゃんのご両親に挨拶をしなきゃならないわ」

理香さんの指摘に京ちゃんが黙り込む。おろおろする私の横で、母が言った。

「京一くん、大丈夫よ。お招きいただいてうれしく思っているわ」

母は理香さんとアイコンタクトを取って、ふたりで和やかな空気を醸《かも》し出《だ》している。

「今年引っ越ししてきたばかりで、ここでホームパーティーを開くのは初めてなの。つれない息子は放っておいて、ゆっくりしていって。ね？　麻衣子ちゃんも」

今年？　だって、ふたりは私が学生のときにうちの隣から引っ越していったはず。

ということは……。

「え？　じゃあ、二度引っ越ししたんですか？」

「いいえ。三度目よ～」

「えっ」

衝撃の事実を聞いて、思わず固まる。六、七年の間に三度も引っ越しするなんて。

「そんなに引っ越しを繰り返して……俺は聞いただけでどっと疲れるよ。落ち着けばいいのに。本当昔から習い事だサークルだって動き回って、忙しい性格だよ」

京ちゃんが悪態《あくたい》をつくも理香さんは、まったく動《どう》じずマイペース。笑顔を絶やさず、ゆったりとした口調で返す。

「私も一度、落ち着こうかしら～と思って、京一が生まれる前にあの家を買ったのよ。でもやっぱりいろんな場所へ行ってみたくて」

瞳をキラキラさせて話す様《さま》は、純粋な子どもみたい。そういえば、おぼろげな昔の記憶の中でも、理香さんはいつもふわっとした可愛らしい印象だ。

「アクティブなんですね」

「落ち着かない性格なだけだよ」

私の言葉に、京ちゃんは間髪《かんはつ》容れず否定的な反応を示す。

「だけど、京一が引っ越ししたくないって言うから、あなたが家を出るまではちゃんと引っ越さずにいたじゃない」

私は理香さんの反論に驚く。

「えっ。そうだった……の」

京ちゃんは私と視線がぶつかるなり、顔を薄っすら赤くしてそっぽを向いた。

私は彼の表情を見て特別な理由があったのだと感じる。

「きっと、そのときから京一は麻衣子ちゃんを……」

「……っ母さん。キッチンから鍋が沸騰《ふっとう》している音がする。大丈夫なの」

「え！　きゃあ！　忘れてた！」

理香さんは慌ててアイランドキッチンへ戻っていく。

京ちゃんは、あからさまに理香さんの話を遮《さえぎ》った。一連の言動に、自惚《うぬぼ》れた考えが頭に浮かぶ。

もしかして……引っ越したくなかったわけって……。

違うかも、って自分を戒《いまし》めても、今隣にいる京ちゃんの恥ずかしそうな横顔を見ていたら、どうしても私が理由だって思っちゃう。

「麻衣子さん、ずっと予定が合わずすまないね。突発的な出張や会食《かいしょく》なんかが立て続けに入ってしまってね」

「あ、いえ！　お忙しいのに、こうして時間を作っていただいたうえ、ご招待いただいて恐縮《きょうしゅく》です」

私は敬一さんに声をかけられ、我に返る。「どうぞ座って」と促され、私たちはそれぞれ席に着いた。敬一さんが最後に腰を下ろして言う。

「では、京一の話を聞こうか」

「えっ」

早速本題に入られ、さすがの京ちゃんもふい打ちだったのか、どぎまぎしている。

敬一さんは組んだ手の甲に顎を乗せ、くすっと笑いを零した。

「なんだ。今日はそのために私に声をかけたんだろう。用件はまとまってるはずだ。

ああ。麻衣子さんのご両親の前で、緊張しているのか」

京ちゃんは挑発《ちょうはつ》に乗せられて、敬一さんに対抗心を露わにした目を向ける。それからすっと立ち上がり、私の両親をまっすぐ見た。

「先日、麻衣子さんとの交際をお許しいただいたばかりで気が早いとおっしゃられるのを覚悟の上ですが……お願いがあります」

彼の真剣な横顔に惹《ひ》き込《こ》まれた。私と一緒にいるために、こうして真摯に両親と向き合う姿に、得《え》も言われぬ温かな感情が胸いっぱいに広がる。

「麻衣子さんと一緒に暮らすことをお許しいただけませんか。仕事を頑張っている彼女を公私ともに支えたいんです。もちろん、結婚を前提にと真剣に考えています」

一瞬、水を打ったように静まり返る。私は緊迫《きんぱく》した空気に自然と息をひそめていた。

「麻衣子は本当にそれでいいのか？　迷いはないのか？」

父もまた、これまで見たことのないような真面目《まじめ》な顔つきで私に尋ねる。私は父を見て、しっかりと頷いた。

「はい。今後不安があっても、彼とふたりで解決していきたいと思うし、京一さんとの将来に迷いは一切ありません」

途中、敬一さんにも視線を向けながら、はっきりと答える。とても緊張したけれど、目を見て伝えられてほっとした。

父はしばし間を置いて、ゆっくり首を縦に振った。

「……わかった。京一くんがしっかりしているのはわかっているし、麻衣子を大事にしてくれるだろう。京一くん、そして瀬尾さん。ふつつかな娘ですが、よろしく頼みます」

父が私のために深く頭を下げる姿を見て、堪らず涙が浮かぶ。敬一さんが、「こちらこそ」とにこやかに返事をしたあと、京ちゃんが真摯な態度で宣言した。

「ありがとうございます。僕は生涯、彼女を全身全霊《ぜんしんぜんれい》で守るとお約束します」

照れとうれしさと感動が、同時にこみ上げてくる。どんな表情をしたらいいのかわからない。困っていたら、京ちゃんがニコッと笑いかけてきた。彼の笑みは頼りがいがあって、すごく安心する。

「父さん。俺は彼女と近い将来、結婚するよ」

「異論はないよ。京一が一生かけて守りたいと思う女性と一緒になれるなら一番いい。それが、お前の人生をより豊かに強くさせるだろうから」

「麻衣子ちゃん、息子をよろしくお願いしますね」

すると、いつの間にか理香さんがキッチンから出てきていて、改まって頭を下げられた。私は慌てて立ち上がり、深々としたお辞儀《じぎ》で返す。

「こっ、こちらこそ。未熟者ですが、どうぞよろしくお願いいたします」

数秒経っておもむろに姿勢を戻すと、理香さんが柔らかな笑みで言った。

「さあさあ。あとはみんなで楽しく食事をしましょう。今日のためにワインも用意したので、召し上がってください」

理香さんはパタパタとキッチンとテーブルを行き来し、ワイングラスと白ワインを用意する。

京ちゃんの前にもグラスを置こうとしたとき、京ちゃんが片手で制止した。

「ああ、俺は車だから」

「あら。こういうときは車じゃないほうがよかったのに」

「まさかこういう展開とは思わなかったんだよ」

京ちゃんはぶつぶつとつぶやきながら、ジュースをもらっている。

やっぱり、理香さんの前では京ちゃんも子どもなんだなと思って、つい笑ってしまった。

それぞれグラスを手に持ち、目線の位置に掲《かか》げた。敬一さんが「では」と切り出す。

「新しい家族に乾杯！」

グラスを合わせる音とともに笑顔が溢《あふ》れた。

それから夕方頃、京ちゃんの実家をあとにした。

うちの親は京ちゃんが『家まで送ります』と申し出たのを、「散歩がてら帰るから」と断り帰っていった。

私は帰宅するにはまだ早い時間だったため、一度京ちゃんのマンションへ向かうことにした。

駐車場に停めていた車に乗った瞬間、すかさず吐き出す。

「すっ……ごく緊張した！」

やっぱり全神経をピンと張り詰めていた気がする。

「俺も。まさか、麻衣子のご両親がいるのは予想外だったから」

私が京ちゃんの立場なら、緊張しすぎてあんなふうにちゃんと挨拶できなかったと思う。

彼が挨拶をしたシーンを脳裏《のうり》に浮かべ、胸がドクドクと鼓動を打つ。

「本当は、麻衣子の実家へはちゃんと訪問する日を決めて、もっとカッコよくビシッと挨拶を決めたかったよ」

「えっ。十分かっこよかったよ！　私、絶対今日のこと忘れない。京ちゃんの表情も、言葉も全部」

私が手を合わせてはにかんで伝えると、ゆらりと彼が影を落とす。吐息がかかりそうなほどの至近距離で、ささやかれる。

「マイ……大切にするよ。ずっとそばにいて」

低く甘いビロードのような声に、思わず肩を上げ瞼を閉じる。それを合図に私は顎をクイと掬い上げられて、唇を重ねられた。

初めは軽く触れるだけのキス。次第《しだい》に繋がっている時間が長くなっていき、徐々に呼吸が乱れ始める。

「ふ……っ、んん」

十数秒で力も入らなくなり、彼の動きにすべてをゆだねる。恍惚《こうこつ》としていたとき、ピリリリッと高い電子音が響いた。音の出どころは京ちゃんのほうだ。

「京ちゃ……電話……んっ」

隙をついて声をかけるも容易《ようい》に塞《ふさ》がれ、言葉ごと奪われる。

着信音は、もちろん京ちゃんの耳にも届いてる。それにもかかわらず、まるでなにも聞こえていないみたいに彼は優しく私を蕩けさせた。

3. 大雨のち、虹

あれから約半月後。私は無事、京ちゃんのマンションに引っ越した。と言っても、最低限必要な私物を運んだくらい。一週間以上経った今も、なかなかふたりで暮らしている実感がわかない。

一緒に家電やインテリアを選んだりすれば別なんだろうけれど、元々京ちゃんが生活している場所に転がり込んだ形だから、まだ居候《いそうろう》みたいな感覚がある。

「七森さん、今日も残ってるの？」

デスクで小休憩していたら、深見さんに話しかけられ背筋を伸ばす。

あのアテンションシールはアイデアが閃いてからも、深見さんから何度もリテイクを指示され、先月中、ついに完成して提出した。深見さんに『ＯＫ』と言われたあとは、感慨《かんがい》深《ぶか》く熱いものが胸の中にあふれた。印刷されて実際に商品に使われるのはもう少し先。今からとても楽しみだ。なにより初めて一から作り上げた仕事だったから、得も言われぬ達成感だった。

その影響で私の中のやる気に火がつき、今も継続中。

「はい。今後どんな仕事を任せてもらえてもいいように、製品デザインの市場データを集めてみようかなって……」

今は八時になるところ。毎日周りが残業しているのを見ているせいか、自分がこういう時間まで残るのも違和感がなくなってきていた。仕事は探せばいくらでもあるため、定時過ぎまで残っていても時間は足りない。

「熱心なのはいいけれど、会社もタダで残業させられないんだし、もう帰りなさい。休めるときは休まなきゃ」

「は、はい……」

深見さんの指摘に肩を竦め、帰り支度をしてオフィスを出た。マンションに着いたのは、九時過ぎ。

「ただいま」

京ちゃんの家に入って、『ただいま』と言うのが慣れない。

私は真っ暗な廊下の電気を点《つ》け、しんとしたリビングに足を踏み入れる。

彼がいないと、広いリビングは快適さよりも寂しさを増すだけだ。こういうとき、これまで実家で暮らしていた際に、母が『おかえり』と迎え入れてくれていたありがたみを実感する。なにげなく過ごしていた日々は、当たり前ではないのだと思うと、胸の奥が切なくしめつけられた。同時に、今度は自分が母と同じように彼を温かく迎え入れ、支えてあげたいと強く思う。

リビングに一歩入った位置で、ぼーっと立っていたとき、廊下の向こうからガチャッと音がした。

「ひゃっ」

びっくりして思わず悲鳴を上げ、そろりと玄関を覗き込む。私の反応に驚いたのだろう。京ちゃんは目をぱちくりさせて言った。

「わっ。麻衣子！　今、帰ってきたの？」

「お、おかえりなさい。私もちょっとだけ残業して、スーパーで買い物して今着いて」

「そうなんだ。だったらやっぱり電話すればよかった。仕事してても家にいても、『帰るよ』って言ったら、いろいろと気を遣わせちゃうかと思っちゃって」

「京ちゃんこそ気を遣いすぎだよ。私は連絡あってもなくても大丈夫」

買ってきた食材をキッチンに置く。京ちゃんもなぜか私の後ろをついてきたものだから、首を傾《かし》げた。すると、ふいに優しく抱きしめられる。

「だって、麻衣子は良くも悪くも頑張りすぎるからさ」

京ちゃんの熱に包まれたら、数分前に寂然《せきぜん》とした部屋に心細くなっていた気持ちも平気になる。

「無理に頑張ってるわけじゃないよ。全部、私がしたくてしているの。ほら、夜ご飯の支度するから、先にシャワー行ってきて」

私が笑って言うと、京ちゃんは私の頭を何度か撫でてからバスルームに向かった。

食事を終えて、今度は私がお風呂《ふろ》に入った。バスルームから出て、すっかりリラックス状態で廊下を歩く。リビングのドアノブに手をかけ、数センチ開けたときに着信音が聞こえてきて思わず一度止まった。

「もしもし。今？　大丈夫。うん、そうだな……」

京ちゃんが電話で話し始めたので、なんとなく入るタイミングを逃してしまった。

これじゃあ、盗み聞きしてるみたいじゃない。

そう気づいて、リビングに入るか、ほかの部屋に行くか一瞬悩む。すると、ドアの隙間からソファに座る京ちゃんと目が合ってしまった。

「あ。ごめん。それについては、また改めて。じゃ」

あきらかに私が電話を切らせた原因だとわかり、気まずくなる。

「電話……いいのに。って、邪魔しちゃったの私だね。ごめんなさい」

「いや。もう用件は済んだ。それに、俺が麻衣子とゆっくりしたいんだ」

京ちゃんはスマートフォンをテーブルに置き、ニコッと微笑んだ。

「お風呂上がりだし、喉乾《のどかわ》いたんじゃない？　なんか飲む？」

「あ、ありがとう」

私はゆっくりソファに腰を落とし、キッチンに向かう京ちゃんの後ろ姿を眺める。

なにげなく目をやったテーブルにはノートパソコンもあった。

一緒に暮らし始めて一週間。京ちゃんが自宅で遅くまで仕事をしているって改めてわかった。彼は私ばかり心配しているけれど、自分だって頑張りすぎな気がする。

ぼんやりテーブルを眺めて考えていると、短い着信音が鳴った。反射的に京ちゃんのスマートフォンに目がいく。ポップアップ画面を見て、思考が止まった。

《aoi》……アオイ？　女の人？

胸がざわつく。お風呂で温まったはずの身体が、一気に冷えるのを感じる。見なければいいものを、意に反して文字を追ってしまう。

《先ほどは突然連絡して、すみませんでした》

さっきの電話の相手だ。敬語だし、仕事関係の人っぽいかな。うん。そうだよ。

「麻衣子、アイスティーでよかった？」

「え！　あっ、うん。ありがとう」

グラスを受け取って、気持ちを落ち着けるためにひとくち含む。テーブルにグラスを置いて、メッセージを見た動揺を取り繕《とつくろ》うように笑顔を向けた。

「京ちゃん、今夜もまだ仕事するの？」

「今日は終わり。麻衣子も今夜はもうおしまいだろう？」

「うん。休めるときは休めって深見さんが……きゃっ」

京ちゃんが私の横に座った。その拍子に座面が僅かに沈むのを感じたのとほぼ同時に、突然押し倒される。さらに端正《たんせい》な顔が近づいてきて、心臓が早鐘を打った。さらりと髪を撫でられ、額にキスが落ちてくる。それから、睫毛、頬、首筋と流れるように唇が触れ、顔が上気した。

「きょ……京ちゃ……んっ」

彼の色気のある瞳に映し出され、堪らず名前を呼んだ。口づけられた途端、身体の奥が熱くなる。

私は甘美《かんび》な時間に酔って、疲れも不安も忘れていった。

数日経てば京ちゃんの電話への着信相手についてもすっかり忘れ、私は仕事とコンテストの準備で日々忙しく過ごし、金曜日を迎えた。

明日は忙しそうだった京ちゃんと、丸一日デートの予定だ。

楽しみな気持ちを胸に、午前中の業務を終える。昼休憩になり、飲み物を買いに行く道すがら、なにげなく吹き抜けからロビーを眺めた。

そこでめずらしく京ちゃんの姿を見つけた。思わず腰壁《こしかべ》の手すりに両手を添えて、階下を歩く彼を注視する。

「あ、常務じゃない？」

「イケメンって遠目で見てもわかるんだね。歩くだけでカッコいい」

前方にいる女子社員の会話が耳に届き、なんとなく隠れるように背を向けた。

「ねえ。あの人、垢抜《あかぬ》けたよね」

「え？　誰？」

「常務の秘書だよ。確かもう数年常務付きで。初めは地味《じみ》で、常務に釣り合わないなあって見てたんだ～」

ひとりの女子社員の言葉につられ、今一度ロビーを見下ろす。ちょうど私のいる位置を横切るところで、顔はちらりとしか見えなかった。わかったのは、スタイルがよく、歩き方もきれいな人ということ。緩く巻かれた髪を背中の中ほどで揺らし、去っていく後ろ姿だけでも美人だった。

「やっぱり、エグゼクティブな人と行動をともにしていると揉《も》まれるのかな～。いいなー。仕事しながら女性としても磨かれて」

私は京ちゃんと秘書の女性が見えなくなるまで目で追った。

女子社員の会話で気づいた。言われてみればオフィスでの京ちゃんの近くには、決まった女性がいた気もする。きっと、今見たあの秘書の人だろう。

「彼女《七森さん》がいても、眉目秀麗《びもくしゅうれい》な男っていうのはファンがいなくならないんだな」

「な、中崎《なかざき》さん！」

横から突然聞こえた声で振り返ると、営業部の先輩の中崎さんがいた。

彼とは入社直後、雑務で営業部を訪れた際に知り合った。中崎さんは少々突っ走る部分があって周りを見ずに行動してしまうのが玉にキズだけど、明るくて気さくで優しい先輩だ。

「人気者の彼氏を持つと、やっぱり大変でしょ？　俺にしない？　なんてね」

中崎さんはいつものように、冗談を飛ばす。しかし、なんだか私は笑って返す余裕がなかった。

京ちゃんと私が恋仲だってオフィスでは周知されていても、こんなふうに彼は女子社員の憧れの的。それに対して、いちいち嫉妬したり不安になったりはしなくなったようには思う。でも……。

「すごいね。目立つ人の隣に立つって結構勇気いりそうだ。七森さんはもう慣れたってことなのかな？　今まさに話題に上ってた秘書みたいに、きみもそのうち垢抜けそうだね」

「ど、どうでしょうか。秘書の方はご自分の努力という気もしますが……」

確かにハイレベルな人といれば刺激を受けて引っ張られるだろう。だからって、そばにいるだけで簡単に輝けるわけじゃない。絶対に、本人の努力があるはず。

「なので、私も頑張らないと」

付き合い始めのときから残っている感情がある。

仕事であっても恋人としても、彼を支えてあげられる器量を持った人間になりたい。

今すぐは無理だとわかってる。だけど一日も早く、次期社長の京ちゃんの隣に立っても遜色ない女性になれたら……。

ふいに秘書の女性の残像が脳裏に浮かぶ。

京ちゃんしか見えなくて、どんな人と一緒に仕事をしているかも知らなかった。気にするのは自分の世界ばっかりで、視野が狭すぎて笑っちゃう。もっと視野を広げないと。多角的な視点で見る意識しなきゃ、仕事だって幅が広がっていかないよね。

「七森さん？」

「あっ。すみません。ぼーっとしちゃって。中崎さんも休憩ですよね。外回り大変だと思いますから、ゆっくり休んでくださいね。じゃあ、失礼します」

中崎さんに一礼して、一歩踏み出す。

人を羨《うらや》む気持ちはどうしたって消せないけれど、惑《まど》うことなく前を見よう。自分の足をしっかりと地につけて。


定時で帰るときは残業の日と比べ、かなり電車が混む。今日も混んでいるだろうな、と、少し憂鬱《ゆううつ》な気持ちでロビーを抜け、外に出た。昼と比べだいぶ涼しくなった風を感じ、『一日を終えた』と一気に緊張感が抜け落ちる。

今夜のメニューはなににしよう。明日は休みだし、久々にお気に入りのバスソルトを入れてゆっくり入浴しようかな。

頭では次々と考え事を巡らせ、身体は勝手に駅へ向かう。改札を通り抜け、ホームに着いて足を止めた際、向かい側のホームに立っている女性にふと目が留まる。

あれ……。あの人って——。

私の視線に気づいたのか、向こうもこちらを見た。

きっとそう。京ちゃんの秘書だ。昼に見かけたときはまともに顔は見えなかったけれど、スーツの色や形が一緒。それに、清廉《せいれん》な佇《たたず》まいや凛とした雰囲気も同じ。

目が合って、内心慌てる。直接話したことはないし、彼女が私の顔を知っているとも限らないだろうし……。そうかといって、あからさまに顔を背《そむ》けるのも……。

困惑している間に、向かい側のホームに電車がやってきた。車輛で遮られる直前、彼女は花が咲くように微笑んだ。私は同性にもかかわらず、ドキッとする。

聡明《そうめい》そうでおしとやかで、京ちゃんにとっては自慢の秘書だろうな。

瞬間、彼女の姿は見えなくなり、次にこちらのホームにも電車が入ってきた。私は車輛に乗り込みつつ、発車し始めた向かいの電車に意識を向け続けていた。

マンションに着いてご飯の支度を終えたタイミングで、京ちゃんから《帰宅までもう少しかかる》とメッセージがきた。私は京ちゃんに返信をして、先にお風呂に入ることにした。丹念《たんねん》に身体を洗って、髪をトリートメントする。髪をまっすぐ伸ばしながら向き合ったバスルームの鏡に、ふとホームで会った秘書の女性が浮かんだ。

髪型変えちゃう……？　私もパーマをかけたら大人っぽくなるかもしれないし。あと、メリハリのあるスタイルを目指そうかな。最近、ちょっと太った気が……。

蒸《む》しタオルで頭を巻いて、バスタブに身体を沈めたら、ふくらはぎのマッサージをせっせと始める。

秘書の人に影響されすぎだってわかっている。しかし、魅力的な大人の女性のお手本みたいな彼女を見たら、なにもせずにはいられなかった。


約三十分後、ゆったりと入浴をしてリフレッシュし、バスルームを出た。髪を乾かし、廊下に出たときに玄関のドアが開く音がする。私はその足で玄関へ向かった。

「おかえりなさい」

ひょこっと顔を出すと、京ちゃんは笑って私の頬を触る。

「ただいま。お風呂上がり？　顔が赤い」

「うん。先にごめんね」

「いいよ。食事は済ませたの？」

「ううん、まだ。京ちゃんと一緒がいいかなと思って」

京ちゃんの後ろをついて歩いて行く。私ってまるで、大好きな飼い主を待っていた犬みたいなんだろうな、と思って心の中で苦笑する。

「そっか。待たせてごめん。じゃあ、一緒に食べようか」

京ちゃんは私の頭を軽く撫でて目尻を下げる。些細なスキンシップがうれしくて、今はまさにしっぽを振ってる状態だ。

「今、準備するね」

「俺はカバンと上着、部屋に置いてくるよ」

私は上機嫌でキッチンに向かう。今夜は冷蔵庫に残っていたもので、三色そぼろ丼。あとは、味噌汁《みそしる》ときゅうりの酢の物とトマトとささみのサラダ。

お皿によそってダイニングテーブルに準備をしていく。最後に温めた味噌汁をテーブルに置いたのはいいが、京ちゃんが戻ってこない。

様子を見に京ちゃんの書斎《しょさい》へ足を向ける。書斎のドアの隙間から話し声が聞こえてきたため、声をかけるのをやめた。電話してるみたいだと感じ、おとなしくリビングで待ってようと踵《きびす》を返した刹那――。

「ああ、俺も好きだよ」

今……なんて？　『好きだよ』って言った？　その声色が……とても優しかった。

心臓が嫌な音を立てる。さっきお風呂で温まったはずの身体が急激に冷えていく。

早くこの場から離れたほうがいいと頭でわかっていても、足が動かない。小さく呼吸をするのがやっと。そうしているうち、再び京ちゃんの声が届く。

「いつもごめん。アオイさんって理解があるぶん、甘えちゃって」

『アオイ』……？　アオイさんって、前にも連絡がきてた人のこと……？　そうだとしたら仕事上の付き合いだと信じていたけれど違うの？　そんな親し気に話すくらい親密な関係？

「ありがとう。じゃあ」

京ちゃんが通話を終えたのに気づき、急いでリビングに戻る。ダイニングテーブルに並ぶ料理を見つめ、心に影を落とす。

私は京ちゃんを甘えさせられるほどの包容力《ほうようりょく》はないかもしれない。私のほうが寄りかかってばかりだから。

「麻衣子、待たせてごめん」

「うっ、ううん！　今、ちょうど用意できたところ」

声が裏返りそうだった。内心、必死に取り繕って笑って答えたら、ポンと頭に手を置かれる。

「ありがとう。でも麻衣子も忙しいんだし、今後も無理して作らなくていいからね？」

この優しい手と柔らかな瞳が嘘だなんて思えない。そもそも、京ちゃんは気持ちを偽《いつわ》るような人じゃないってわかってる。

けど、おそらく私の前だけでなく誰であっても心にもないことは口にしないはず。

つまり……さっきの電話で相手に向けた言葉も嘘ではないって話にもなる……？

愕然《がくぜん》とし、一点を見つめ続ける。彼の人間性を信じれば、アオイさんという人との関係も肯定せざるを得ないなんて……皮肉だ。

私は泣きたいのを我慢して、口角をグッと上げた。

「うん。無理はしないよ」

ふたりで向かい合って席に着き、「いただきます」と箸《はし》を手に取った。

食事をするような気分ではなかったけれど、ここでご飯を口に運ばなきゃ絶対異変に気づかれる。でも、せっかく美味しくできたご飯も、今やまともに味がわからない。

「美味しい。麻衣子、ありがとう」

「え！　あ、うん。よかった」

塞ぎ込みそうだった自分に気づいて我に返り、明るい声を飛ばす。京ちゃんは私の変化に気づいていないようで、ほっとした。

食事も終わり、京ちゃんが箸を置いて言った。

「明日はどこ行こうか？　といっても、天気予報を見たら雨っぽいんだよな」

「言われれば帰り道、空気がどんよりしてたかも」

遅れて私も食べ終え、空《から》の食器を重ねて席を立った。キッチンへお皿を下げると、背後から京ちゃんもお皿を持ってついてきた。背後からシンクに手を伸ばされ、背中に感じる気配にドキッとする。

「この間、麻衣子が雑誌見て言ってたケーキショップとかカフェとか行ってみる？」

私がなにげなく話していた内容を覚えていてくれたのがうれしい。しかし、ふいにアオイさんの存在や、素敵な秘書の女性が脳裏を掠め、思いとどまった。

「う……ん。さ、最近運動不足だし、屋内で身体を動かしたりとか……どうかな」

魅力的な女性になるためには、知性や性格だけでなく見た目も大事かも。仕事ばっかり頑張ってたけど、女性としても一目《いちもく》置かれる存在になれたら理想だよね。社会人になって明らかに動く量も減ったうえ、スイーツ三昧《ざんまい》してたら大変だ。

思い立ったら行動しなくちゃ気が済まない私は、我ながら単純思考。こんな提案今までにないから、案の定、京ちゃんは目を丸くしていた。

それもそのはず、私は小さい頃から運動は苦手なほう。

「運動？　麻衣子がそんなこと言うなんて珍しいな」

急に体型が気になり始めたから、とは恥ずかしくて言えない。

「デスクワークだから、最近ちょっと気になってたの。体育の授業は苦手だったけど、プライベートでなら……」

「わかった。考えてみるよ」

取って付けたような理由にも、彼はふわりと包み込むような笑顔で返してくれた。

しかし、それでも私はモヤモヤした思いを抱え、ひと晩明かしたのだった。


翌朝は平日よりも、ほんのちょっと遅めに起きた。

予報通りの雨模様《あめもよう》。空が暗いのがカーテン越しにわかる。こういう天気の日って、つい朝寝坊しがち。

私は布団の中に潜ったまま寝息を立てている京ちゃんを見て、顔を綻ばせる。

数か月前まで、こんなふうに幸せな朝を迎える日が来るなど考えもしなかった。京ちゃんと再会して想いが通じ合って、一緒に歩んでいくってふたりで決めて……。ときどき、今でも夢みたいに感じる。

私はそっと、京ちゃんの髪に触れた。自分の隣に実在する彼を確認し安堵する。さらに、頬へ指先を乗せた。彼の感触、温度を確かめては笑みが零れる。

「ん……」

京ちゃんが軽く眉を寄せ、顔を動かした。反射的に手を引っ込め、様子を窺《うかが》う。すると、おもむろに京ちゃんが綺麗な瞳を露わにした。

「あ、ごめん。起こしちゃったね」

「今……何時？」

「八時半過ぎたところだよ」

上半身を少し起こして時計に目を向けて答えたら彼は再び瞼を伏せつつも、するりと腰にしなやかな腕を絡めてくる。

「……九時までこうしてたらだめ？」

京ちゃんが甘えるのはめずらしい。私はくっついてきた彼の頭を、ぎゅっと抱きしめた。普段は見られない彼の旋毛に唇を落とす。

「九時までじゃなくても、好きなだけ寝ててもいいよ。京ちゃん忙しそうだもん。貴重な休日くらい、ゆっくりして」

多忙な日々を過ごしているってわかってるのに、起こしちゃって悪いことをした。反省していると、京ちゃんは私を腕の中から見上げる。

「やだ。麻衣子と出かける」

まるで子どもみたいな言動に、初めはびっくりしたが、徐々に意外な一面が可愛く思えてきて彼の頭を撫でた。

しかし、おとなしかったのも最初だけで、いきなり押し倒される。

「きゃっ……」

今しがた私の腕の中に収まっていたのに、形勢は逆転。真上から私を見下ろす彼は、寝起きにもかかわらず、ドキリとするほどカッコいい。

「俺、欲張りだから。麻衣子とゆっくりもしたいし、デートもしたい」

ニッと勝気に口の端を上げる表情が好き。

至近距離で見惚《みと》れている隙《すき》に、覆いかぶさられた。京ちゃんの重みを全身で感じ、一瞬で身体が熱くなる。

「でももうちょっとだけ俺を癒して」

耳の上でささやかれ、胸がきゅうっとしめつけられた。

結局、当初の希望の『九時まで』を越えて、九時半にベッドから出た。朝食は軽めにトーストで済ませた。京ちゃんがコーヒーをひと口飲んで切り出す。

「さて。どうしようか。俺が考えたのは、ボウリングとかスカッシュ……は、たぶん麻衣子にはきついかな」

「言い出した私が運動オンチって、迷惑だよね」

小さい頃から運動が苦手。体育の成績はいつも真ん中か、それより下。徒競走も下から数えたほうが早い順位ばかりだった。小学生のとき、なわとびや鉄棒のテストが控えていた際には、京ちゃんに練習に付き合ってもらったっけ。

「いや。苦手なものに挑戦する姿勢はいいことだよ。昔からあきらめずに頑張ってる麻衣子がいじらしくて……つい応援したくなる」

「京ちゃんは優しいね」

前も今も、彼はどんなときも私に対してポジティブな言葉しかかけない。京ちゃんのそういうところに、何度助けられたか。

「あ、あれはどうかな。ボルダリング。俺も学生時代に何度か行ったっきりなんだ」

「いろんな石がある壁を登るやつ?」

前にテレビや雑誌でちらっと見たことがある。カラフルな石が壁一面に散らばっていて、スイスイ上へと移動していく姿に楽しそうって思った。

「そう、それ。あれも全身使うから結構いい運動になるんだよね」

「やってみたい! 全然登れないかもしれないけど」

簡単そうに見えて、絶対大変なんだろう。それでも、道具を使うスポーツよりはシンプルだし、私にはいいかもしれない。

「決まりだね。汗かくだろうから、着替えを用意していこう」

「どんな服装をしたらいい？　私、スポーツウェアとかないから……」

「動きやすい服装なら大丈夫だよ。伸縮性《しんしゅくせい》さえ問題なければジーンズの人もいるし」

「そうなんだ。わかった」

ソファを立って、着替えの準備をしに部屋へ行く。ひとりだったなら、ここまでわくわくした気持ちにはなってない。私はやっぱり京ちゃんと一緒のほうが実力以上の力を発揮《はっき》できる気がする。

思い起こせば、なわとびも鉄棒も、苦手なわりにテストはまあまあの結果だった。京ちゃんのおかげで頑張れたなんて、私ってかなり単純だな。

バッグに着替えやタオルを詰めて、リビングへ戻った。ドアノブを掴み、数十センチ扉を開いたときにスマートフォンの着信音が聞こえてきて、反射でドアを戻した。

「はい。もしもし」

京ちゃんが応答する様子が隙間から見えて、急に胸がざわついた。しかし、彼のふたことめに、騒いでいた心臓がぴたりと止まったような錯覚《さっかく》を起こす。

「アオイさん、なにかあった？」

気遣いが感じられる、柔らかな声。ほかの女性に向ける優しい一面を見たくなくて、咄嗟にリビングに背を向けた。

「そうか。いや、気にしないで。困らせてごめん。急いで行くよ」

去り際に耳に届いた京ちゃんの言葉が胸を刺す。冷静でなんかいられない。

廊下で立ち尽くしていたら、京ちゃんがやってきたのを気配で察する。

「マイ」

こんなときに、『マイ』って呼ばないで。

私は振り返ることもできず、固まったまま。唇を引き結び、両手に力を込める。

「ごめん。ちょっとトラブルがあって、今から会社に行かなきゃ……」

会社に……。じゃあ、電話の内容はあくまで仕事のこと？

本来なら、ここで安堵して笑顔で『いってらっしゃい』って見送る場面だ。わかってても、感情のコントロールがきかない。モヤモヤした気持ちは払しょくされない。

『アオイさん』って親し気に呼ぶ声。彼女を気にかける優しい言葉。

なにより、『好きだよ』という彼の気持ちを耳にしてしまったから。

「……かないで」

わがままだって理解してても、引き留めずにはいられない。

「麻衣子……？」

「行かないで」

いつか、彼が私から離れてどこかへ行ってしまうんじゃないかなって、不安になる。

夢中で抱きついたあとで、はっと我に返る。涙ぐんでいた目をこっそりと拭い、ぐっと口角を上げた。

「嘘。ごめん。大丈夫」

「麻……」

「トラブルなんでしょう？　急がないと。あ、私のほうは気にしなくていいからね。コンテストの案もまだ固まってないから時間を持て余しはしないし。気をつけて行ってらっしゃい」

なるべく目を合わせないように、京ちゃんの後ろに回って軽く背中を押す。彼はなにか言いたげだったけれど、時間に追われているせいか、バタバタと準備をし始めた。

私は玄関まで見送る。

「……行ってくる。目処《めど》がついたらすぐに連絡するから」

「うん」

笑顔で見送って、静まり返ったリビングに戻り、ぽつんと立ち尽くす。一歩、また一歩と誘われるように窓際へ近づいた。窓を眺めれば、雨が降り注いでいる。どんよりした空色は、私の心の中を映し出しているみたい。

ローテーブルにペンを広げる。アイデアを練って書き留めようとペンを走らせるも、灰色の空模様に引きずられるように、スケッチブックに描く色は混沌《こんとん》としたものばかり。

無意識にそうなるのは、どうしようもない。


描いては直し悩んでは消して、また一からスケッチブックと向き合うこと、かれこれ二時間。私はついにペンを置き、ため息をつく。無意識に天井を仰いで目を閉じた。

静か。聞こえてくるのは窓を叩く雨音だけ。

どのくらいそうしていたか、わからない。すると雨の音をかき消すように、インターホンの音が響いた。立ち上がらなきゃ、と頭で思っていても、身体がなかなか言うことをきかない。もう訪問客をスルーしようかとも考えたけれど、インターホンを繰り返し鳴らされ、重い腰を上げた。一階のエントランスにいる来客をモニターで確認する。相手は女性。それも、モニター越しでもわかるほど端麗な人。

私の知り合いじゃない……と観察していたら、はっと気づいた。

この人、京ちゃんの秘書をしている女性じゃ……？

そうとわかれば、慌てて応答する。

「は、はい」

『わたくし、〝ピスカーラ〟秘書課のものです。少々お時間よろしいでしょうか』

「えっ。あの、常務は不在で……」

秘書って直接、家に来たりするものなの？　しかも、京ちゃんが仕事に行ったのを知らないみたい。まさか個人的に訪ねてきたとか……？

訝《いぶか》しく思っていると、彼女はモニターのカメラをまっすぐ見て言った。

『ええ。存じております。本日は七森さんにお会いしたくて参りました』

「え……？　私？」

予想だにしない回答に慌てふためく。

「えっと、じゃあ……四十五階です。フロントにコンシェルジュの方がいらっしゃるので……」

しどろもどろになりながら、解錠ボタンを押して彼女を招き入れてしまった。モニターが消えてから、さらに頭の中がパニックになる。

京ちゃんの秘書が、なんで私に？　京ちゃんに相談してみる？　いや。電話をかけている間に彼女がここへ着くだろうし、そもそも京ちゃんはトラブルでオフィスへ行った。邪魔しちゃいけない。

リビングをうろうろしている間に、玄関前のインターホンが鳴った。私は覚悟を決めて、玄関を開ける。

ひと目見た瞬間、聡明そうな人だなって感じた。目立つ美人というよりは、ひそやかに咲く凛とした花みたいで、落ち着いた雰囲気を纏《まと》った女性だ。

彼女はたおやかにお辞儀をした。

「初めまして。わたくし、蒼井《あおい》と申します」

「蒼井……？」

アオイ……って。もしかして、あの電話やメッセージの人？　まさか秘書の女性が相手だったなんて。だけど、これまで聞いた会話の内容に若干の違和感が……。

動揺を懸命に押し隠す。蒼井さんは、ニコリと口元に笑みを浮かべる。

「はい。蒼井英恵《はなえ》です。瀬尾常務の秘書を務めさせていただいております」

「も、申し遅れました。デザイン部の七森麻衣子です。本日は私に、なにか……？」

恐る恐る本題に触れる。

蒼井さんが私に用事って、まったく思い当たらない。京ちゃん絡みでなにか言われる？　宣戦布告的な内容とか……？　だって、確かに聞こえた。京ちゃんは、蒼井さんに『好き』って言ってた。『理解があるから甘えちゃう』とも。

けれども、目の前の彼女から嫉妬や悪意は感じられない。

大体、京ちゃんが私に嘘をつくこと自体ないはずだ。なにかあれば、絶対に正直に向き合ってくれる。

揺らいでいた気持ちが固まりかけたとき、蒼井さんが長い睫毛を伏せて答えた。

「ご無事かどうか、確認しに伺いました」

「は……？　無事って……」

ぽかんとしていたら、彼女はゆっくり視線を上げて私と目を合わせる。

「常務のご依頼です。七森さんの様子を見て来てほしい、と」

至極真面目に発言した内容に唖然《あぜん》とする。

京ちゃんが？　そんなことをわざわざ秘書に頼む？　特に仕事上の用件でもないなら、単なる職権乱用じゃない……？　蒼井さんの話は、にわかには信じがたい。

「そう警戒しないでください。といっても、無理ですかね」

「本当に、常務の指示ですか？　あなたの意思ではなく……？」

「私の？」

咄嗟に不躾《ぶしつけ》な質問を漏らしてしまった。蒼井さんは、大きな目をぱちくりとさせ、私を見つめる。

「個人的に……なにか私に用があったりして……と思ったんです」

私のたどたどしい説明を聞き、彼女は艶やかな唇に弧《こ》を描く。

「ああ。もしかして七森さんは常務と私の関係を心配されているんですか？」

ストレートに指摘され、気まずい思いで視線を泳がせる。彼女は頭の回転が速く、すごく勘のいい人だ。

「す、すみません。実はあなたがとても魅力的な方だったので、つい……頭を過《あやま》ってしまって……」

言いわけしたって、疑われたほうは気分がよくないに決まってる。ばつが悪い気持ちで俯くと、くすっと優しい笑い声が聞こえた。

「いえ。魅力的とは光栄です。しかし、私が言っても信じてもらえないかもしれませんが、そういった心配は無用かと」

「ほ、本当にすみません」

蒼井さんの表情をちらっと見ても、嘘をついているようには思えなかった。自分の勝手な思い込みで人を疑ってしまったと猛省《もうせい》する。申し訳なさすぎて、もう頭を上げられない。

「七森さんは、今日ご予定は空いていらっしゃいますか？」

「は、はい。空いていますが」

びくっと肩を揺らした私の答えを聞いた蒼井さんは、上品に微笑んだ。

「では、少々お付き合いいただけますか？　お茶でも飲みながら、お話ししましょう」

思わぬ展開で蒼井さんに誘われ、タクシーに乗った。車内で蒼井さんは「少し失礼します」と断って、スマートフォンを操作していた。

特に会話もなく、数十分後に到着したのは〝ピスカーラ〟本社。普段出勤している見慣れたビルだ。

頭の中には疑問符が浮かんでいたけれど、問いかけるタイミングを掴めず、彼女の後に続く。蒼井さんは傘を畳んでビルに入り、一階のテナントカフェに入った。

席に案内され、椅子に腰を落ち着けてすぐ、蒼井さんはカフェのスタッフに飲み物をオーダーする。

「私はコーヒーを。七森さんは？」

「えっ。ええと、じゃあ私はホットココアを」

私は悩む間もなく、あたふたとオーダーをした。スタッフが立ち去ったあと、改めて蒼井さんと向き合う。

「あ、あの、なぜここへ？　よく考えたら、蒼井さんも瀬尾常務のもとへ戻らないといけないんじゃ……」

「大丈夫です。システムトラブルなので、私は直接的にはなんのお役にも立てませんし、むしろあなたとここにいるのが私の今日の仕事ですから」

「これが仕事って……」

疑問の目を向けると、蒼井さんは目を細めた。

「ああ。私の仕事はスケジュール管理はもちろん、常務がより仕事をしやすい環境を作るためのサポートなので」

「はあ……。それと、私と一緒にオフィスでお茶を飲むのとは、いったいどういう関係が……」

蒼井さんの話は、ちんぷんかんぷん。何度も首を捻る私を見て、彼女はさわやかに笑う。

そこにオーダーしていた飲み物が運ばれてきた。蒼井さんは長い睫毛を伏せ、コーヒーにミルクを入れながら心地よい声色で話し出す。

「私は常務付きの秘書になって、もうそろそろ三年経ちます」

「そうなんですね。じゃあ、海外に長くいらっしゃったんじゃ……？」

「ええ。ものすごく不安でしたけれど、常務がいましたし」

自分から海外の話を振っておいて、蒼井さんの答えを聞いて胸が痛くなる。

京ちゃんは社員にも優しい。もちろん、蒼井さんだって例外じゃないはず。自分が心細いときに支えてくれる相手には、ときめきそうなものだ。蒼井さんも、ほんの一瞬でも京ちゃんに惹かれたっておかしくない。

悶々《もんもん》とした気持ちを流し込むように、私はココアを飲んだ。彼女もコーヒーを口に含んで、ゆっくりとカップを戻した。

「瀬尾常務の第一印象は、紳士で仕事も性格も非の打ち所がない、完璧な男性だと思いました。今日のようなトラブルがあっても取り乱したりもせず、冷静かつ的確な行動を取る方だ、と」

柔和《にゅうわ》な面持ちで言葉を紡《つむ》ぐ蒼井さんを見て、胸騒ぎがする。『心配無用』と言いつつも、少なからず京ちゃんに対して好感は持っているみたいだ。

「反面どこか危うげで……。仕事も常に、なにか先を急いでいらっしゃる感じでした。前しか見えていないような」

数秒前までまだ疑心暗鬼《ぎしんあんき》だった私は一瞬で話の内容に没入し、私情も忘れる。

私の知らない京ちゃんの話。そんなの夢中になるに決まってる。

予期せず彼と離れた数年間。知りたくても知ることができなかった、空白の時間だ。

きっと一番身近な蒼井さんの話だから、すべて事実。

「ですが、日本に戻ってきてから常務は変わりました。感情表現が格段《かくだん》に豊かになり、人間味が増したとでも言いましょうか」

京ちゃんに変化があったと聞いて、さらに興味を引かれる。

「普段から穏やかな雰囲気ではありますが、明らかにいいことがあったのだろうなとわかるほど機嫌が良かったり、急な仕事が入るとときどき落ち込んだり」

彼女の口から説明された京ちゃんを思い浮かべる。ふいに蒼井さんが私をまっすぐ見て、「ふふ」と笑いを零した。

「よっぽど彼の中で彼女の存在が大きいんだなあ、と。正直、個人的にも興味を持っていました」

個人的に……京ちゃんに……。

「蒼井さんも彼が好きなんですね」

邪気のない笑顔でそう話す蒼井さんに、小さい声で返す。

「実は私、昨日京……常務があなたに好きって言っていたのを聞いてしまって。おふたりは気が合って、私よりもお互い公私ともに分かり合える特別な関係になれる間柄《あいだがら》なんじゃないですか？」

「……は？」

「いいんです。本当は常務が甘えられるのは蒼井さんなのかも……。私じゃ全然頼りにならなくて」

もう自分がなにをして、なにを言っているのかわかってない。だけど、口にしたのは全部本心。胸の中につかえていた本音だ。

するとすりガラスの仕切り側から驚きあきれた低い声が割って入る。

「いや、待って。どうしたらそんな考えになるんだ？」

私と蒼井さんは同時に振り返る。

「きょ、常務……！　なんで……」

オフィスビル内とはいえ、私がここにいるとは知らせていない。突然現れた京ちゃんの姿に動揺する。

「七森さん。私が先に連絡していたんです」

狼狽える私とは違って、蒼井さんはスッと席を立って冷静に言った。

もしかして、タクシーでスマートフォンを弄《いじ》っていたのって、京ちゃんに連絡していたの？

「常務、お疲れ様です。無事にトラブルは回避できましたか？」

「うん。蒼井さんのおかげだよ。ありがとう」

「いえ。私は七森さんとコーヒーを飲んで、楽しくおしゃべりしていただけですから」

「休日を台無しにしてすまなかった。改めて、秘書室長へ代休の調整をさせるから」

茫然とする私を置いて、ふたりは会話を進める。

蒼井さんが「ありがとうございます」と礼をし、バッグを手に取った。カフェを出るのだと気づいて、私も慌てて立ち上がる。蒼井さんが伝票に手を伸ばしかけたとき、京ちゃんが横から取った。

「俺が支払うよ」

にっこりと笑う京ちゃんに、蒼井さんが深々と頭を下げる。彼女は京ちゃんの後に続き、少し距離を取ったところで足を止めた。

「あ、七森さん。肝心な部分をお伝えし忘れていました」

蒼井さんは京ちゃんに聞こえないように、私に耳打ちする。

「私、既婚者です。夫と交際している間、常務と海外へ行っていましたが、ことあるごとに気にかけてくださって長期休暇をよくいただいたんです。おかげで、遠距離恋愛も乗り越えられたんです」

蒼井さんが、左手をさりげなく見せる。華奢《きゃしゃ》な薬指には、シンプルなマリッジリングがはめてあった。

私がびっくりして言葉も発せずにいると、支払いを終えた京ちゃんが戻ってきた。

「常務、ごちそうさまでした。それでは私は失礼いたします」

彼女の姿が見えなくなっても、ずっと同じ方向を見ていたら、京ちゃんに声をかけられた。

「どうしたの、麻衣子。ぼーっとして」

「あ、あの……蒼井さんはどうして私をここへ連れてきたのか結局よくわからなくて」

「ああ。俺が安心して仕事に集中できるようにだよ」

彼女から聞いたときもピンと来なかった。それは、どうやら京ちゃんの答えを聞いても同じようだ。

京ちゃんが、ばつが悪そうに頭を掻《か》いて言う。

「麻衣子、今日別れ際様子がおかしかったから、すごく気になっちゃって。あきれられるの覚悟で、蒼井さんに様子見に行ってもらったんだよね」

「そ、そうだったの？」

「麻衣子になにかあったらと思ったら、仕事に集中しきれなくて」

そこまで聞けば、やっと真意《しんい》がわかる。だから蒼井さんは、今日の仕事は私といることとって言ってたんだ。すべて繋がって、すっきりした。

「それよりも、さっきのはなに？」

「さっきの？」

私の中では万事《ばんじ》解決した。京ちゃんからの質問がなにを指してるのかさっぱりで、きょとんとして聞き返す。すると、京ちゃんは私にずいっと顔を近づけた。

「俺が甘えられるのは蒼井さんだって？　なんでそんな発想になるのか、ぜひ聞きたいね」

普段よりも、やや低い声。間近にある顔からは、怒っている雰囲気を感じられる。

「ご、ごめんなさい。昨日、電話の会話が聞こえてきて……。京ちゃんが『俺も好きだよ』って。『いつも甘えちゃって』って蒼井さんに話してたから」

「昨日？」

あたふたと説明したら、京ちゃんがさらに険《けわ》しい表情でひとことつぶやいた。彼は数秒考えたあと、「ああ」と思いついたように目線を上げる。

「言ったかもね。全部仕事の話だよ、それ。好きって言ったのは、食事のジャンルの話。『メキシコ料理はお好きですか？』って聞かれた返事だよ」

「えっ！」

「今度、接待する予定の相手が好きな料理なんだって。俺がまったく食べられないものだと困るから、確認だったんだ。ちなみに、甘えちゃってっていうのは、蒼井さんって休日返上して動いてくれることが多いからさ」

事実を知り、一気に青褪《あおざ》める。

「俺の気持ち、疑ってたんだ？」

「う……。本当にごめんなさい」

申し訳なさ過ぎて、顔を合わせられない。京ちゃんの視線を痛いほどひしひしと感じる。私が固まって動けずにいたら、手にしていた傘を奪われる。

「俺、急いで出てきたから傘持ってないんだ。一緒に入れて」

「う、うん。もちろん」

「それと、今日の予定変更してもいい？　行く前に一本電話してくるから、待ってて」

ぽん、と頭に手を置いて私から離れていった京ちゃんは、もう元通りの京ちゃんだった。ほっと胸をなでおろし、ロビーの大きな窓から外を眺める。

数分後、京ちゃんが戻ってきた。

私は京ちゃんが差す傘の中で、肩を寄せ合って歩き始めた。

「麻衣子、おいで。あれ？　寒い？　タオル羽織《はお》ってるけど」

京ちゃんに呼ばれ、おずおずと歩みを進める。

「ち、違くて！　は……恥ずかしいの！」

思わず声を上げたのには、それなりの理由がある。

ここは都内でも一、二を争う人気高級ホテル〝デリエ〟。しかし、私たちがいる場所はレストランやスイートルームではなく、会員専用の屋内プールだ。

昨晩、私が安易《あんい》に『身体を動かしたい』と言い、本来はボルダリングを楽しもうかって話になっていたけれど、京ちゃんの急な仕事で行き先が変更された。それが、このリゾート地のような広さとおしゃれな造りのプールというわけ。

そして、もちろん急な展開で水着の用意がないと訴《うった》えたら、すでに京ちゃんが手配済みだと説明して連れられてきた。その水着がバンドゥビキニ。

今まで水着はビキニのときも上にタンクトップを着ていたから、それがないって相当心もとない。なにより京ちゃんの前っていうのが、ものすごく恥ずかしい。

今着用しているのがフレアビキニで、下はホットパンツデザインなのがせめてもの救い。私は身体を隠すように、備え付けの大判タオルを肩に羽織って京ちゃんのもとへ来たのだ。

「そう。だけど仕方ないよね。マイが悪いんだよ」

彼が歩み寄ってきて、私の左頬に手を添える。自分の格好《かっこう》もさることながら、京ちゃんの水着姿も目のやり場がなくて困る。

「な、なに……？」

「俺を信用しなかったから」

京ちゃんの真剣な瞳に、罪悪感を抱くとともに心が甘く震える。

「そ、それは……ごめんなさい」

すらりとした指先が、顔の輪郭《りんかく》をゆっくり滑り落ち、顎で止まる。咄嗟に目を閉じた私はぞくぞくと背中を震わせ、そっと瞼を押し上げた。

「――冗談。怒ってないよ」

視界に映る彼は、思わず息が止まってしまうほど艶っぽい。熱を孕《はら》んだ双眸《そうぼう》、私の顔を上向きにしたちょっと強引な手、鷹揚《おうよう》な笑み。

普段はひだまりのように温かく優しい京ちゃんが、こんな意地悪な表情もするって初めて知った。

「まあ、ちょっといじめたくなったのは本当」

彼はやたらと柔らかい声で言うと、私の下唇に触れた親指を曲げ、口を開かせる。

自分が無防備な顔を晒《さら》しているってわかっていても、妖艶な彼の眼差しに意識を吸い込まれ、唇を戻すどころか、瞬きさえ忘れていた。止まっているのは自分の動きだけで、心臓は信じられないくらいバクバクしてる。

嫌な心地じゃない。なにかを期待している動悸だ。

「妬《や》くのはいいけれど、俺の気持ちまで疑わないで」

京ちゃんが徐々に私の顔に影を落としてくる。緊張が最高潮に達したとき、薄っすら開いたままの口を塞がれた。

「ふっ……ん、ん」

静けさに包まれたプールサイドで、繰り返し口づける微小な音と、自分の吐息交じりの声が聞こえる。羞恥心を煽《あお》られ、唇を固く結ぼうとしても、京ちゃんが力強く引き寄せた。腰に回された手が直接肌に触れていて、ドキドキする。

誰かが来るかもしれないのに、こんなことはいけない、という気持ちと、ほしいものを与えられた快感がせめぎ合う。結局、甘いキスで蕩けさせられて、欲望に流されていた。

角度を変える束の間、必死に息をする。酸素が十分には足りなくて呼吸が乱れているのに、それさえも恍惚として受け入れた。もはや、自分の口の輪郭がわからない。ひとつに溶ける感覚に陥《おちい》り、完全に力が抜け落ちた。

「可愛い」

初めて言われたわけでもないのに妙にときめいて、私は思わず俯く。

いつの間にか、肩にかけていたタオルが足元に落ちているのに気づき、両腕を前に交差して身体を隠すように背を丸めた。

「水着姿も可愛いから、もう隠さないでよ」

「う……。だって、そもそも体型に自信がなかったから運動したいって提案したのであって……やっぱり恥ずかしい」

瞬間、水しぶきがあがる。びっくりして瞑《つむ》った目を開くと、京ちゃんがプールの中からこちらを見上げていた。京ちゃんは私に向かって右手を伸ばす。

「おいで。水に入っちゃえば、気も紛《まぎ》れるだろ？」

そう言った彼は、もういつもの温和《おんわ》な笑顔だ。

私はそろりと手を重ね、プールに飛び込んだ。その拍子に跳ねた水が、お互いの顔にかかって笑った。

「プール、久しぶり。十代のときが最後かも。京ちゃんはよく来る？」

「俺はときどきこういうジムを利用してるんだ。最近は来てなかったけど」

「そうだったんだ。どうりで……」

つい京ちゃんの身体に目を向けた。京ちゃんは、細身だけど筋肉はちゃんとあって、すごく魅力的だ。

「確かに。ジッと見られたら照れるっていうのがわかる気がする」

彼の言葉で我に返り、私は勢いよく視線を逸《そ》らした。

「泳ごうか。勝手に予定を変更してごめん。ボルダリングは着替えも持っていなかったし、時間も決まっている場所だったから。水泳も全身を使うし、いい運動になるよ」

「そ、そうだね」

「それに水の音や動きを五感で感じると、心が静まり返って落ち着く」

京ちゃんを見上げれば、本当にリラックスした表情だった。そういう顔ひとつで、私はうれしくなる。今、目の前にいるような気を緩める彼の姿は、きっと誰でも見られるものじゃないはずだから。

「こんなに広いのに私たちだけだね」

私も少しずつ緊張が緩まり、辺りを眺めた。

広い屋内プール。二十五メートル幅のあるプールと、プールのまわりにはデッキチェアがたくさん並んでいる。ヤシ類やモンステラなどの観葉植物《かんようしょくぶつ》もあり、リゾートに来ている気分。なにより、摩天楼《まてんろう》から見る景色は圧巻《あっかん》だ。強く降りしきっていた雨は、小降りになったみたい。

天気がよければ景観ももっときれいなはず。天窓もあるから、夜にプールに入れば、夜空に浮かんでいると錯覚するだろう。

天井を仰いでいたら、京ちゃんがさらりと言った。

「んー。小一時間ほど、貸し切りにしてもらっちゃった」

「えっ」

「だって本当は今日、一日デートだったのに。時間が短くなった分、ちょっとでも濃《のう》密《みつ》なものにしようと思って」

事実を知って唖然とする。私なんて高級ホテルのスポーツジムに足を踏み入れて緊張しているのに、まさか貸し切り……。

「だから気兼ねなく楽しもう。まずは競争でもする？」

「競争って、絶対負けるに決まってるよ。私、息継《いきつ》ぎがうまくできないもん」

邪気のない笑顔の京ちゃんに、口を尖らせて返した。途端に、彼のしなやかな腕に捕まる。

「ふうん。こっちのほうは息継ぎ上手になってきたのにね？」

「え？　あ、……んっ」

いつしか晴れ間が見えて、天窓から差し込む日差しが水面で乱反射する中、再び甘いキスが落ちてくる。私は浮かびあがった虹にさえも気づかず、彼の背中に手を回した。


その後、ホテル内のレストランでディナーをとって、スイートルームに移動する。

部屋は京ちゃんのマンションのリビングと同じくらいの広さ。大きなテレビやソファを眺めたあと、磨かれたテーブルに意識が向く。そこには、綺麗な花とワイングラスが置いてあった。

京ちゃんがおもむろに歩みを進め、ワインクーラーからワインを取り出して赤ワインをグラスに注ぎ始める。

「そうだ。明日チェックアウトしたら、そのままここのブライダルサロンに寄って行かない？」

『ブライダルサロン』の単語に、一瞬思考が止まった。

この間、互いの両親に結婚の意思を伝えて認めてもらいはしたものの、すぐにそうなるとは思ってもみなかった。京ちゃんとは一緒にいたいって気持ちだけで、具体的にはなにも考えていなかったから。

「別にデリエがいいってわけではないけど、ここは特にウエディングに力入れてるって有名だし、一度話を聞いてみてもいいんじゃないかと思ったんだ」

「行きたい……！」

私が言うと、彼はくすっと笑った。

「決まりだね。念のため、あとでフロントに連絡して伝えておいてもらうよ」

グラスを差し出され、私はそっと受け取る。曇《くも》りのない透明《とうめい》なグラスの中で、ゆったりと揺れるワインを見つめ、ひとくち含む。普段あまりワインは飲まないけれど、今日のワインは特別美味しく感じた。


翌朝は昨日と打って変わり、気持ちのいい快晴だった。

八時頃に目覚めて、ふたりでゆっくりと支度をしてから、ルームサービスをとって朝食を済ませた。私は昨日数年ぶりに運動したせいか、全身が筋肉痛。腕や足を動かすたびに、鈍い痛みを感じる。さらに昨日のプールデートを思い出しては、ひそかに頬を赤らめた。

チェックアウト直前になり、私は室内の大きな窓に手を添え、街を一望《いちぼう》して感嘆《かんたん》の息を漏らす。最近京ちゃんが住む立派なタワーマンションに引っ越し、『こんな生活を送れるなんて』と驚いていた。そして今回、都内在住にもかかわらず、特段なにもない日に高級ホテルのスイートに宿泊するとは予想もしなかったから。

「麻衣子。準備はいい？」

「あ、うん」

部屋の中央に立ち、ジャケットを羽織る京ちゃんのもとへ行く。私は廊下へ出るドアの数メートル手前で止まり、京ちゃんの上着の裾《すそ》をきゅっと掴んだ。

「京ちゃん、こんなに素敵な部屋に泊めてくれてありがとう。一生の思い出にする」

昨日は本当に夢みたいな夜だった。部屋も景色も夜空も、見るものすべてが綺麗でいまだに胸の奥がときめく。大抵の女子なら憧れる、そんなひとときだった。

「喜んでくれてうれしいよ。一生の思い出……か。だったら、また次の機会があったら、それを超えるプランにしないとな」

「え！　もう十分だし！」

京ちゃんは後ろの私を完全に振り返って、耳元に唇を寄せる。

「そういうわけにはいかないよ。だって俺たちは新婚旅行だってこれからなんだから」

耳がすごく熱い。思わず片手で押さえて京ちゃんを見上げた拍子に、軽いキスが落ちてきた。


チェックアウトを済ませ、ロビーを抜けてブライダルサロンに着いた。

京ちゃんが洋館のような凝《こ》ったデザインのドアを開けた。すぐに、スーツ姿の男性が私たちのもとへやってくる。切れ長の目を細めるスタッフの彼は、顔立ちの整った仕事ができる雰囲気の人だ。

「いらっしゃいませ。お待ちしておりました、瀬尾様ですね。わたくしブライダルサロン責任者の黒川《くろかわ》と申します。どうぞよろしくお願いいたします」

京ちゃんを見るなり、黒川さんは深々と頭を下げて挨拶する。

「急な予約なのに、快《こころよ》く対応してくださり感謝します」

「いえ。瀬尾様が当サロンへ足をお運びくださって光栄です。このたびは、おめでとうございます」

「ありがとうございます」

京ちゃんはさらりと返していたけれど、私は『おめでとうございます』の言葉に、なんとも言いがたい、面映《おもは》ゆい気分になる。

他人に言われて、本当に京ちゃんと結婚するんだ、と実感する。

「では、こちらのほうへ」

黒川さんに案内され、ふたりで後をついていく。サロン内にはテーブル席が六つあって、三つはすでに埋まっていた。

一番奥の席に通され、椅子に腰をかける。黒川さんは私たちに飲み物の希望を聞き、ほかのスタッフに指示をしたあと、パンフレットを渡してきた。

「まずはイメージ作りが一番ですので、さらっとパンフレットの内容説明をしたのち、式場見学をと思ったのですが。いかがですか？」

「いいんじゃないかな？　どう？　麻衣子」

「うん」

女性スタッフが持ってきた紅茶はとても美味しかった。黒川さんの話は言っていた通りさらりと終わり、私たちは式場へ移動する。ホテル内の教会や、招待客の人数に合わせた式場をひと通り回り、ドレスルームも見せてもらった。

「大体これで見ていただくところは終わりです。ああ、あと、ご新婦《しんぷ》様の部屋……ブライズルームに行きましょうか」

「ブライズルーム？」

「ご新婦様が、当日へアメイクや着替えなどお色直しで使用する部屋です」

黒川さんが端麗な顔に完璧な笑みを浮かべ、突き当りのドアを開けた。足を一歩踏み入れた瞬間、思わずため息が漏れる。

「すごい……。外国にいるみたい……」

広さは昨夜泊まったスイートルームと同じくらい。白を基調とした部屋に、レース柄が施《ほどこ》された淡いグレーのアクセントクロスがおしゃれ。ソファやテーブル、椅子、鏡に至るまでヨーロピアン調で統一されていて、まるでお姫様の部屋だ。

物語の中に飛び込んだような心境で部屋の隅々を見ていたとき、ドアが開く音がして振り返った。

「こちらがブライズルームでございます」

別のお客さんがやってきて、咄嗟《とっさ》に部屋の隅に移動する。あまりジロジロ見たら失礼だ、と顔を戻した直後、「うっ……」と苦し気な声が聞こえてきた。思わずまた目を向けると、女性が片手を口に当てて俯いている。

「だ、大丈夫ですか!?」

サロンの女性スタッフが心配そうに駆け寄るよりも先に、スッと黒い影が私の前を通過した。

「安田《やすだ》さん、お客様を空いている控室にお通しして、横になっていただいてください。ご新郎《しんろう》様、ご新婦様を部屋まで支えていただけますか？」

具合の悪そうな女性の様子を見つつ、瞬時に指示をしたのは黒川さん。おろおろとしていた男性は、すぐさま手を貸す。女性は必死に笑顔を作り、小さな声で言う。

「すみません、微かな化粧品の香りが……。匂いに敏感になっちゃってて……。ただの悪阻なので、場所を移動してちょっと休めば大丈夫です」

私はなにも出来ずに、ただ茫然と立っているしかできない。

「悪阻だからって軽視《けいし》はできません。どうかご無理をなさらず」

黒川さんが柔らかな表情で答えると、女性は安心した様子で「ありがとうございます」と答え、男性とともに退室していった。

「大変申し訳ありません。少々席を外させていただきます。代わりのスタッフを呼びますので、この場でお待ちいただけますか」

「ええ。こちらのほうは気にしないでください」

狼狽える私をよそに、京ちゃんがスムーズに答える。黒川さんは頭を下げ、さっきのお客さんを追いかけていった。

あれから別のスタッフが来てブライズルームで話を聞き、私たちはブライダルサロンを後にした。

「あの妊婦《にんぷ》さん、大丈夫だったかな」

「自分で歩いて移動はできてたし、黒川さんがしっかり対応してくれただろうから、大事には至《いた》ってないよ、きっと」

京ちゃんが言うと、自然と納得できる。

それにしても、さっきのブライズルーム内って、そんなに化粧品の匂いしたかなあ。私は勤務先が化粧品会社だからか、全然気にならなかったけれど……。

妊娠って人それぞれとは聞くけど、あんなふうに急に真っ青になって蹲《うずくま》ったりするんだ。多少具合が悪くても出かけなければならない日もあるだろうに、体調不良で顔色が悪いのをメイクでカバーしたくても難しいって大変だろうな。仮に自分だったら、って考えるだけでつらくなっちゃう。

眉間にしわを寄せて考え事をしていたら、ふと閃く。

「麻衣子？」

「京ちゃん、私、思いついた！　コスメアイデアコンテスト！　なんかずっとしっくりこなかったのが、これだ！って今……あっ」

よそ見をして歩いていたせいで、なにかにぶつかった。顔を戻し、ロビーに立っていた人に衝突《しょうとつ》したとわかって、勢いよく頭を下げる。

「すっ、すみません！」

ちらっとしか見なかったけど、京ちゃんと同じくらいの背格好で少しやんちゃな雰囲気を残した男性だった。

謝ったものの、気性《きしょう》の荒い人だったらどうしよう。

「ああ、いや大丈夫だから。ん……？　瀬尾？」

突然京ちゃんの名前を返され、姿勢を戻して目を剥いた。男性は私じゃなくて京ちゃんを見ている。次に隣の京ちゃんを見れば、驚いた様子でつぶやいた。

「……那須《なす》！」

『那須』……？　って名前だよね。友達？　そのわりに京ちゃんの表情は硬いままだし、微妙な空気に感じるけれど……。

不思議に思っていたら、那須さんは屈託《くったく》なく笑って京ちゃんに歩み寄っていく。

「久しぶりだな！　大学以来か。学生時代から周りとは雰囲気違ってたが、さらに貫《かん》禄《ろく》出た感じするねえ。確か次期社長だったもんな。もしや、もう社長だったり？」

　開口するなり、勢いよく捲《まく》し立《た》てる那須さんに呆気《あっけ》にとられる。

　なんていうか……ものすごい悪意を感じられるわけでもないが、仲がいいっていうようにも思えない。たぶん、京ちゃんとはタイプが違うからこんなふうに思うのかな。初対面なのに失礼なのは承知だけど……この人ちょっと軽くて苦手。

　窺う視線を向けていたら、ばちっと目が合った。

「きみは瀬尾の彼女？　へえ。意外なタイプだ」

　にやりと笑って近づいてきては、まるで査定《さてい》するようにジロジロと見られる。なんだか落ち着かない気持ちでいたら、京ちゃんが私を引っ張って後ろに隠した。

「彼女に近づくな」

「なんで？　ただ挨拶してるだけじゃん」

　京ちゃんの横顔から、彼を警戒しているのが伝わってくる。

「そっちも変わらないな。そういう馴《な》れ馴れしいところ」

「ははは。社交性があるって言ってほしいね」

　京ちゃんがけん制しても、那須さんはまったく気にしてない。

『学生時代』って言ってたから、大学のときの知り合いなのかな……。大学生の京ちゃんには勉強を見てもらっていたくらいで、交友関係とか聞いたことない。

ふたりの間柄を探る間も与えられず、京ちゃんに肩を抱かれ、先を促される。

「麻衣子、行こう」

「えっ。う、うん」

どうしていいかわからず、京ちゃんに歩調を合わせる。那須さんの前を横切る直前に、彼が私の前にずい、と顔を突き出してきた。私は咄嗟に声を出して、足を止める。

「麻衣子ちゃん。またね」

那須さんは今耳に入ったばかりの私の名前をさりげなく口にして、にっこりと笑った。京ちゃんが強引に私の手を引き、その場から立ち去る。

「……うっかりしていた。名前を口にすべきじゃなかった」

小さく舌打ちをして、ぼそりとつぶやく京ちゃんの声が苦々しい。

外に出ても、変わらぬ歩幅でずんずんと進む京ちゃんの後頭部を見つめる。数分後、彼ははっと我に返ったようで、私を振り返った。

「ごめん！　手を掴む力強かったよね。痛くない？」

「うん、平気」

常に余裕な京ちゃんが焦るのは稀《まれ》だ。京ちゃんはため息を零し、口を開いた。

「あの男……那須っていうんだ。大学で同じ講義受けてて。なんでかことあるごとに絡まれていたんだよな」

「友達になりたいから、とかじゃないの？」

「絶対やだ」

子どもみたいにむきになって否定する京ちゃんが、ちょっと可愛い。

「そういう感じじゃなかった。どちらかというと、ライバル視されてるような感じ」

「ライバル？」

「那須ってキャンパス内で結構目立ってて、女子にも人気があったやつなんだ。俺が〝ピスカーラ〟の後を継ぐため、在学中にときどき海外に行ったりしてたら大学で話題になっていたらしく……、その頃から目をつけられ始めた気がするんだけど」

「あー……そういう感じだったんだ」

那須さんは、京ちゃんが容姿もよく仕事もできるタイプだから、やっかみ半分で絡んでいたのかも。まあ京ちゃんは……モテるよね。中学時代から女の子に人気だったのは私も知ってるし。那須さんだけでなく、きっと京ちゃんだって人気だったに違いない。

複雑な気持ちになったものの、京ちゃんが心配そうな面持ちをしていたから、気《き》丈《じょう》に振る舞う。

「私の名前は憶えられちゃったかもしれないけれど、ほんの一瞬の出来事だったし、もう顔も忘れちゃってるよ」

「そうだといいんだけど。那須のやつ、昔から掴みどころがなくて考えがいまいち読めないんだよな」

ぶつぶつとぼやく京ちゃんを見て、京ちゃんにも苦手とする人がいるんだ、などと身近に感じた。

「偶然会っただけで接点はないし、大丈夫だよ」

京ちゃんは私の言葉を聞き、深いため息を吐いた。

「そうであることを願うよ」

4. 静かな覚悟

火曜日は少し早めに仕事を終わらせて、ショッピングビルにいた。行き先はみっちゃんがいたショップ。

店内の通路を通過するたび、きょろきょろと周りを見ていたら、ようやく彼女を見つけた。

「麻衣子。いらっしゃい。この間の挨拶はうまくいった？」

「うん。おかげさまで。あのときは服を選んでくれてありがとう」

「いいえー。で？　今日はなんの相談があるって？」

実はみっちゃんには事前にメッセージを送っていた。でも、《お互いの都合がすぐにはつかないね》って話になったとき、彼女が《平日の夕方ならショップでも少し話せるよ》と言ってくれたのだ。

みっちゃんの言う通り、今は店内も落ち着いている様子だ。

「ごめんね。仕事中なのに……」

「大丈夫大丈夫。ほら、店内にお客様がいるように見えれば、ほかのお客様も寄って行きやすくなったりするから。麻衣子の相談っていうのも仕事の延長なんでしょ？」

「うん。実はね。商品になるかどうかは決まっていないけれど、提出してみたいアイデアが浮かんだの。妊婦に優しいコスメっていう……」

日曜に浮かんだアイデアを今日までいろいろ考えていた。今回はパッケージだけじゃなく商品自体のコンテスト。商品内容を緻密《ちみつ》に考えて、プレゼンする必要がある。

そこで、実際に妊娠している人の話を聞くのが一番じゃないかと考えた。しかし、私の周りに妊婦の知り合いがおらず、ふいに思い出したのが、みっちゃんが話していた友人だった。

私の話に、みっちゃんは目を丸くする。

「妊婦に？　それはずいぶんとターゲット絞るね」

「うん。妊婦さんじゃなくても使えるものだし、あくまでそれはひとつのステータスとして考えてる」

「なるほど。で？」

「みっちゃん、お友達が妊娠中で悪阻がつらいって話してたなあって思い出して……具体的にどういう症状なのか、直接聞いてみたくて」

無茶なお願いだって重々承知《じゅうじゅうしょうち》している。けれど、行動する前からあきらめたくなかった。

ハラハラして、みっちゃんの反応を待つ。私の心情とは対極に、彼女はあっけらかんとして答えた。

「あー、なるほど。想像だけじゃ限界あるもんね」

「そうなの。ネットで調べてもピンと来ないし、質問があってもすぐにレスポンスももらえないから」

心の中で、『OKをもらえるかもしれない』と淡い期待を抱いた直後。

「話はわかったけど、ごめん。私の友達は無理だと思う」

きっぱりと断られ、落胆《らくたん》する。がっかりした雰囲気が出てしまっていたのか、みっちゃんはもう一度「ごめんね」と繰り返した。そして、商品棚の服をきれいに畳み直しながら続ける。

「この前、ちらっと話したでしょ。今、体調も環境も大変だって。さすがに私もそれを知ってて頼めない」

「あっ……。そうだよね……」

よくよく思い出せば、そういう話をしていた。自分の都合ばかり考えて先走ったと反省する。

「ごめんね。私ったら自分の都合ばかり考えちゃって……。仕事中なのに時間を割いてくれてありがとう。今度また買い物しに来るね。じゃあ」

「麻衣子、待って」

踵を返すや否や、みっちゃんに呼び止められる。彼女は整頓《せいとん》途中の服を握ったまま言った。

「あのさ。元々面識のない私の友達を訪ねようとする勇気があるくらいなら、いっそ病院に行っちゃえば？」

「病院？」

「産婦人科だよ。もちろん許可は取らなきゃならないだろうけど、いくつか産婦人科あたって、アンケート方式で情報集めてみればいいじゃん」

みっちゃんの提案に、気持ちが浮上していく。

「妊娠初期の人だけじゃなく、後期でも悪阻がある人もいるってお姉ちゃんから聞いた記憶もあるし、幅広く聞けて一石二鳥《いっせきにちょう》じゃないの？」

「そっか……そうだね。それ、いい！」

みっちゃんは、白い歯を覗かせ、私を肘でつつく。

「ほんと、麻衣子は単純だね！　あ、純粋の間違いか」

「いや……私も自分で単純だと思う……。ありがとう！　またね！」

私はみっちゃんに年甲斐《としがい》もなく、ぶんぶんと両手を振って、軽い足取りで駅へ向かった。


それから、一週間。あの後、オフィスから自宅マンション間の産婦人科を探し、アンケート協力をお願いして回った。商品化が確実ではないだけに、お願いしづらいものではあったけれど、結果的に二軒の産院が快く引き受けてくれてほっとした。

一歩前に進んだ実感を抱き、私はますます仕事にのめり込む。

オフィスでは通常業務をこなし、休憩時間にはちょこちょこと妊婦の身体の変化などを調べた。さらに自宅では暇《ひま》さえあればペンを持ち、スケッチブックとにらめっこ。

オフィスで浮かんだものも付箋紙《ふせんし》にメモしたりして、スケッチブックも手帳も文字やイラストでいっぱいだ。

ソファで膝《ひざ》を抱えるスタイルでスケッチブックと向き合っていると、京ちゃんがカップを持ってやってきた。

「はい、麻衣子。ミルクティー」

「あ、ありがとう！」

私はカップを受け取り、湯気《ゆげ》が立ち上る水面に「ふー」と息をかけた。

「なにか思いついたって話してから、これまで以上に気合い入ってるね」

京ちゃんはそう言って隣に座り、カップに口をつける。

「うん。なんかね、初めての感覚なの。地に足がついてる感じっていうか」

これまでただがむしゃらに頑張ってただけで、正直空回《からまわ》りしている感が否めなかった。今はようやくゴールに一直線に繋がる道が見え、しっかりと走れそうな気がする。

「すごく楽しいよ」

すると、京ちゃんがふっと寂し気に笑った。

「そうみたいだね。麻衣子が全然アイデアのヒントも教えてくれないから、俺は気になって仕方がないよ」

実は私の構想は、京ちゃんに伝えていない。彼には『いいアイデアが浮かんだ』と話しただけ。

というのも公平でいたいから。

「うーん。ごめんね。やっぱり、常務に先に知られちゃうのはちょっと……」

京ちゃんは絶対に私情を挟むようなやり方はしない。それは前回のコンペでわかっている。

それでも、社内で私たちの関係が周知されている手前、偏見《へんけん》や疑いの目を持つ人がいないとは限らない。

もしもそうなったとき、私の提出デザイン内容の些細な情報ひとつだけでも伝わっていたら、彼の立場を不利にさせそうだ。私はいいけれど、彼だけは困らせたくない。

……とはいえ、申し訳ない気持ちは残る。

私がしゅんとしていたら、京ちゃんにぽんと頭に手を置かれた。

「大丈夫。ちゃんとわかってるよ。楽しみにしてる」

彼の笑顔に安心させられ、勇気をもらう。

「私、頑張るね」

つい最近気づいた。『仕事が好き』って、根底は前から同じでも誰かを想って目指すだけで、こうも景色が違って見える。

彼のために。自分のために。会社のために……なによりも〝ピスカーラ〟が好きなユーザーのために。この気持ちでいくらだって力が溢れてくる。

もう一度ミルクティーを口に含む私に、京ちゃんがぽつりと零す。

「ああ……。ただ、ちゃんと休むんだよ」

私はごくん、と喉を鳴らし、きょとんとして彼を見た。

「私は大丈夫だよ。京ちゃんのほうこそ、ずっと忙しいじゃない」

今日だって帰宅は十一時だったし、日中もきちんと休憩時間を取れないほど働き詰めだと思う。どちらかといえば、私が心配するほうなのに。

京ちゃんはそれ以上なにも言わず、ただ私を優しい瞳で見つめるだけだった。

翌日もいつも通り仕事をしていると、あっという間に夜になる。頼まれていた仕事の目処がついて、帰り支度をした頃には七時を過ぎていた。

誰もいないエレベーターで軽く首を回し、一階について降りたとき、元気な声が飛んできた。

「七森さん！　お疲れ様っ！」

まるでこれから出社するくらい、疲れを感じさせない中崎さんに驚きつつ、笑顔で会釈《えしゃく》する。

「お疲れ様です。中崎さんはまだお仕事ですか？」

ロビーからエレベーターに乗ろうとしているところを見れば、これから営業部に戻るらしい。

どの部署もそれぞれ大変な仕事を抱えているんだろうな。人が頑張っているのを見たら、自分ももっともっとやらなければ……と士気が上がる。

中崎さんはため息交じりに「そうなんだよね」と答えたあと、「あっ」となにかを思い出したように声を上げた。

「なんですか？」

「そういや常務、明日から出張なんだってね。香港《ほんこん》のあと、直接フランスに向かうって、本当に忙しそうだよな。俺の残業なんて比べ物にならないなあって」

私は中崎さんの話を聞いて、茫然とする。

明日……？　二カ国も行く予定の出張が前日に決まるはずないし、聞き落としていたっていうのも考えられない。

たぶん……いや、絶対今回の出張の話をしていない。

「それって、本当ですか？」

「え？　うん。そう聞いたよ。来週末までって。七森さん、最近常務と会ってなかったの？」

中崎さんは私の反応から、気まずそうな顔をした。私ははっとして、この場を取り繕う。

「あー、ちょっと私も熱中している仕事があって、なかなか……」

「へえ。そうなんだ。じゃあ、今夜は連絡来るんじゃない？　あ、俺もう仕事戻らなきゃ。七森さん、帰り道気をつけてね」

「はい……お先に失礼します」

中崎さんと別れ、駅へ向かっている間、胸がドクドク鳴っていた。嫌な感覚に支配され、指先が冷たくなる。

京ちゃんが一週間以上もの出張を黙っていたのは……いや、話せなかったのはきっと私のせい。一緒に暮らし始める前後から自分のことに夢中で、京ちゃんに気を遣わせていたんだ。

……このままじゃだめだ。

私は電車に揺られながら、ぎゅっと手に力を込める。ふと俯いていた顔を上げた拍子に、仲良さげな男女が目に入った。ふたりは手を繋ぎ、楽しそうに笑い合っている。

結婚してようがしていまいが、大切な人を支えたい気持ちは同じ。それは、専業主婦でも仕事をしていても関係ない。私はそれを疎《おろそ》かにしかけていた。仕事もプライベートも順調なのは、京ちゃんが私を見守ってくれているからだったのに。

そのとき、ポケットの中でスマートフォンが震えた。なんとなく予感がして急いで確認したら、やっぱり京ちゃんからだった。私は急《せ》く気持ちでメッセージを開く。

《今日も遅くなりそう。先に休んでて》

文面を見て、自分が情けなくなって唇を引き結んだ。《頑張ってね》とひとこと返信し、電車の進行方向を見つめていた。

それから、スーパーに寄って帰宅し、久々に自分のレパートリーの中では手の込んだ料理を作った。きのこのデミグラスソースのオムライスと海鮮マリネ、それとポトフ。デザートにはホットケーキミックスで簡単なゆずのカップケーキも用意した。

遅くなるって連絡をもらっていたから私は先に食事を済ませ、京ちゃんの分はすぐに食べられるようにセッティングしておいた。

時計を見たら、十一時前。昨日までなら、なにも考えずにデザイン案に没頭《ぼっとう》していたと思う。しかし、さすがに今日はそういう気分にならなかった。

ささっと部屋をきれいに整えて、ソファでぼんやりしながら京ちゃんを待った。

かけ時計の秒針の音を聞き、少しうとうとしていたら目の前に影がかかって顔を上げた。

「ただいま。こんなところでどうしたの？　寝るならベッドに行ったらいいのに」

「えっ。お、おかえりなさい！　今何時……嘘！」

ぼやける視界がようやくはっきりし、瞳に映った時計が指し示す時刻は十一時四十五分。一時間近くうたた寝していた。

「待っててくれたの?」

京ちゃんはおもむろに私の隣に座り、柔らかな声でそう言った。

「だって……ご飯も用意してあげたかったし」

「そのくらい自分でできるから無理しなくていいよ」

「会いたかったの」

今日のは罪悪感からだったけれど、やっぱり明日からしばらく顔を見られないって知った今、純粋に京ちゃんに会いたかった。

思わず勢いで伝えたはいいものの、ちょっと気恥ずかしい。私はしどろもどろになってソファを立った。

「お、お風呂! 入るよね? 今、沸かしてくる! あっ。お湯が溜まるまでの間にご飯にす――」

京ちゃんが、不自然に動き回ろうとする私の手を掴む。

「マイ。いいから座って」

そう言われ、私はおとなしく元いた場所に腰を下ろし、目を落とした。

「どうしたの？　変に気遣われてる感じがする」

京ちゃんの視線を感じるも、一切横を見られない。膝の上の手を握り、一点を見つめたまま口を開く。

「やりたいの。私、最近京ちゃんに甘えっぱなしだったなあって。京ちゃんのほうが大変に決まってるのに……」

必死に説明すると、隣から小さなため息が聞こえてきた。

「家でまで気を張らなくていいんだって。俺なら今までひとりでどうにか生活してきたんだし、麻衣子に負担をかけたくはないんだよ」

わかってる。今のため息も、かける言葉も、優しい眼差しも、全部彼が私を思うゆえだって。

私は震える声をどうにかごまかし、懸命に答える。

「京ちゃんだって毎日のように帰ってくるの遅いうえ、家でも遅い時間まで仕事してる。だったら、私も……！」

「俺と麻衣子は違う！」

途端にぴしゃりと返され、びっくりして固まった。京ちゃんは、一瞬『しまった』というような表情を浮かべ、目を泳がせる。

「あ……ごめん。要するに、体力の違いもあるし俺と比べる必要は……」

「そりゃあ、私は京ちゃんみたいにすべて完璧にはできないよ。だけど、努力しようって」

「何度も言ってる。そういうふうに無理して頑張らなくてもいいって話をしてるだけだって！」

今まで、京ちゃんを怒らせたことってあったかな。

こんなときなのに、やけに冷静に考えていた。

どうしてうまくいかないんだろう。半人前の私が人の世話を焼こうとしたのが間違ってた？　おとなしく言う通りにして、ただ甘えていたらよかったの？　好きな人のために無理をするって、そんなにいけないのかな。

正解がわからない。それも全部、私がまだ子どもだから……？

泣かないようにするのが精いっぱい。私はすっくと立ちあがり、歪《いびつ》に笑って声を絞り出した。

「ごめんなさい。わかった。先に休むね」

「麻っ……」

彼が呼び止めかけるのを無視して、すたすたとリビングを出る。

私はベッドに潜り込み、布団を頭まで被って固く目を閉じた。
現実逃避をするように——。

それから、私はいつの間にか寝てしまっていた。部屋はまだ暗いから、朝にはなっていないみたい。うっすらと意識が戻ったとき、京ちゃんが間近にいた。ドキッとして、一気に目が覚める。

気まずい雰囲気だったのに、変わらず私の隣で眠ってる。私のほうを向いて、片腕で私を引き寄せるようにして……。

腰に載せられた彼の腕の重みが愛おしい。薄暗いベッドの上で、端正な顔をジッと見つめる。溢れてくる想いは、怒りとかつらさとか苦しさとかではなくて、じんわりとした温かな気持ち。

余計なものを取っ払って残るものは、冷静になれば簡単にわかるものなのに。

「好き」

京ちゃんが眠っているのもあって、私は素直に感情に従い、そっと身体を寄せた。

知らないうちに、彼の隣にいるのが当たり前になっていた。今いる場所は、自分次第で失う可能性があるのだ。私はすでにある幸せに胡坐《あぐら》をかいていた。

厳しくても好きな仕事に就《つ》けた。尊敬している上司が気にかけてくれてる。好きな人と思いが通じ合って、同じ未来を描いている。

すべてが運だけというわけじゃなく、努力で手に入れたものだってある。それらは、この先も自分の力で守っていかなきゃならないものだった。

ケンカ直後の混沌とした心がすっきりしている。

朝になったら、きちんと話をしよう。そう決めたら、また眠気が襲ってきた。

京ちゃんの体温が心地よくて、私は再び深い眠りに就いていた。

翌朝は、起きた直後茫然とした。ベッドの隣がもぬけの殻《から》だったからだ。

慌ててリビングへ向かい、整然としたキッチンを一瞥する。ダイニングテーブルに足を向けると、テーブル上にはサラダとスクランブルエッグ、ベーコンが用意されていた。

私が作った料理を平らげて、後片付けをして……さらには朝食まで用意していってくれたの……？

昨夜、言い合いをしていたときは、京ちゃんの厚意を素直に受け止められなかった。京ちゃんは仕事だけじゃなく、さらっとこういう心遣いまでできるんだって、焦ってへこんで、だったら自分もって意地になっていた。でも今は、ありがたくて情けなくて……『ごめんね』と『ありがとう』を伝えたい。

朝食に添えてあったメモに目を落とす。拾い上げて文面を瞳に映し、最後まで読み終えた後にひどく落ち込んだ。

《今日から香港とフランスに行ってきます。戻りの予定は来週土曜。こんな形で報告してごめん。今日、必ず連絡するから》

京ちゃんが出張の話をしなかったのは、私が原因だって気づいている。昨日、苛立《いらだ》った様子を見せたのもそう。はっきり言われたわけじゃなくても、それくらいわかる。だから、今度は建前《たてまえ》や理想でぶつかるのではなく、ちゃんと素直な気持ちで向き合おう。

そして夜。京ちゃんは約束通り、連絡をくれた。

仕事から帰ってきて、私がひと息つく時間に合わせたかのように、ちょうどいいタイミングで着信音が鳴った。私はスケッチブックを置いて、慌ててスマートフォンを拾い上げる。

「もしもし！」

『麻衣子、起きてた？』

耳元に響くしっとりとした声に、胸がトクンと鳴った。一緒に住み始めてから、前よりも電話で話す回数が減ったせいか、やたらとドキドキする。

「うん。京ちゃんはもう寝る準備終わったの？」

『いや。今ホテルに着いたばかり』

今はもう十時過ぎ。こんな時間まで拘束《こうそく》されて、本当に忙しそう。それなのに、休みもせずに私に連絡をくれてる。京ちゃんの気持ちの大きさに、心が締めつけられる。

『今朝はごめん。気持ちよさそうに寝てる顔見てたら、どうしても起こせなくて』

「こっちこそ！　あの……今朝も昨日も……」

『いや……。俺もちょっと拗《す》ねて、出張の話を直前までしなかったし』

思い切って昨夜の件に触れると、京ちゃんが苦笑交じりにそう返した。

「あのね、私なりに落ち着いて考えてみたの。京ちゃんをあんなに怒らせたわけを。そもそも一緒に暮らすきっかけになったのは、私だったんだよね」

私があまりに仕事に没頭しがちだったから、京ちゃんは心配して見るに見かねて同《どう》棲《せい》話を切り出したのに。私はすっかりそういった理由も忘れて、相変わらず目の前しか見えてなかった。そのくせ、京ちゃんと対等に家事までこなそうとして……。

「私が京ちゃんの心配も厚意も無視して暴走しちゃったからなんだよね」

『俺もちょっと大人げなかったって反省してた。心配が行き過ぎたなあって』

「ううん。……でも私、やっぱり欲張りみたいで。今は仕事にも熱中したいし、家でくらいは京ちゃんを支えたい」

『うん。気持ちはわかるし、うれしいよ』

「全部やりたい。けど、今の私は完璧にこなす力がないからあきらめる」

スピーカーから『えっ？』と戸惑いの声が届く。私は晴れやかな気持ちで、宙を見つめて続けた。

「パーフェクトにならなきゃって、自分を追い詰めすぎてた。もっと楽に考えていいのかなって、ようやく力を抜く大事さに気づいたっていうか」

まだ自分の容量を把握できず、上ばかり見ていた。もちろん、いつか仕事も家事もこなし、家庭の時間も取れる人になりたいとは思う。だからって、そこに囚われすぎてお互いの心がすり減っていくのは絶対に嫌。

「ときどきお惣菜《そうざい》を買ったってお腹は満たされるわけだし。コンテストも睡眠を削りすぎて通常業務や生活に支障《ししょう》をきたすほど、のめり込むのは違うよね」

私にとって一番大切なものは、自分と周りの大切な人たちの笑顔。それを壊さないようにするためには、私自身、心にも身体にも余裕を持つようにしなきゃ。

「それに、がむしゃらにアイデアを考え出すんじゃなくて、商品の向こう側にいる人たちを考えて丁寧《ていねい》に仕事をするのが一番大切なんじゃないかなって」

自分の欲望を満たそうとするよりも、誰かのためを考えるのを原動力に仕事と向き合うのがベストだ。そんな基本的なことに、ようやく気づいた。

『そうだな。誰かを思う気持ちって絶対に伝わるだろうから。愛されるものになるはずだよ』

「うん」

京ちゃんの答えが胸の奥に浸透《しんとう》していき、自然と口角が上がる。穏やかな心情になっていたら、彼がさらっと言う。

『俺が麻衣子を想う気持ちも、これからも伝わっているって信じてる。マイ、愛してるよ』

歯が浮くようなセリフも、不思議と京ちゃんだと違和感がない。私はただひたすら頬を染めて、電話だと言うのに抱えていた膝に顔を隠して答えた。

「……私も！」

『こっちは夜景がすごいよ。いつか麻衣子と一緒に来れたらいいな』

京ちゃんなら、きっとどこへ行っても私を思い浮かべてくれる。そういう些細なものが、私の自信にもなって力にもなる。

「楽しみにしてる」

そして通話を終え、余韻《よいん》に浸った後、再びコンテストのデザインと向き合った。

途中、商品コンセプトについても考えるため、妊婦についてネットでいろいろ調べる。大変な体験談や、幸せなエピソード等を眺めているうちに、ふいに自分の将来が過る。

いつか、私も母親になるのかな。京ちゃんと私の赤ちゃんがやってくる日が来るのだろうか。そのとき京ちゃんは、さっきみたいに『いつか一緒に』っていうのを、ふたりでではなく、家族でって思ってくれそうだ。

夫婦になって家族が増えて……って未知な世界。だけど、不安よりも期待のほうが遥《はる》かに大きい。

私は無意識に自分のお腹にそっと手を添えていて、はっと我に返って仕事に集中した。

二日後の金曜日。

あまり早く帰っても京ちゃんは不在だし、広い部屋でひとりの時間が長くなれば、さすがに寂しくなりそう。

そう考えた私は、アンケートを設置してもらっていた病院に、仕事帰りに回収させてもらえるよう依頼しておいた。

二軒目の産婦人科でアンケート用紙を受け取り、挨拶をして外に出る。数歩歩いて、手にしたアンケートに目を落としていたときだった。

「あれ。麻衣子ちゃんだ。こんなところでなにしてるの？」

「えっ」

親し気に名前を呼ばれ、慌てて顔を上げる。

「へえ～。随分幸せそうな顔して……おめでとうって言っていいのかな？」

病院の看板を見上げ、にやりと口元を緩めるのは那須さん。

私は驚くのもそこそこに、必死に否定をした。

「ちっ、違います！」

幸せそうな……って。私はただ、アンケートの収穫が思いのほかよさそうでうれしくなっていただけ。

けれども、京ちゃんにさえ伏せてるコンテストの内容を、この人に軽々しく言うのも気が引ける。第一、京ちゃんが苦手な相手だし、余計だ。

「あんまりムキになって否定すると逆効果だよ。必死な反応が可愛いね。前も思ったんだ。きみってまだ若いんじゃない？　十代……ではないか、さすがに」

那須さんは、いともたやすく私のパーソナルスペースに侵入してくる。上半身を屈《かが》め、めずらしいものを見るみたいにジロジロと視線を注いできた。ここまでダイレクトに興味を示されるって、さすがに居心地が悪い。

私は肩を竦め、彼から目を逸らした。

「あー。もしや、瀬尾がなんか言った？　俺と話しちゃだめとか。あいつ、そんな心配性な一面あるんだ」

はっきりとそう言われてはいないが、似たようなものだったと思う。京ちゃんは私が彼と接点を持つのを嫌がってる。

「まあ、仕方ないか。きみみたいな子ども相手だったら」

「こ、子どもって！　一応私も社会人ですから！　……一年目ですけれど」

心外な発言に、つい言葉を返す。すると、那須さんはしたり顔を見せた。

「ふーん。っていうと、二十二、三歳？」

これ以上とどまっていたら、彼の思うつぼだ。私はあたふたとしてここから立ち去ろうと一歩踏み出す。

「そ、それじゃあ私はこれで」

「待って待って」

那須さんは私の腕を掴んで、やたらと優し気に目を細めた。

「せっかく会ったんだし、もう少し話しようよ。この時間なら、仕事は終わってるんでしょ？」

物腰柔《ものごしやわ》らかに見せかけて、実はとても強引な人。しっかりと私を捕まえながら、いい人そうな笑みをたたえ、なにを考えているか読めない双眸で圧をかけてくる。

「いえ、私は……」

「あのあともずっと気になってたんだよね。瀬尾の雰囲気からして、あいつのほうがきみにベタ惚れみたいだった。いったいどうやってあいつを落としたのか、ぜひ聞いてみたいなあってね」

「お、落としたなんて、そんな」

「きみが先に言い寄ったの？　意外と積極的なタイプ？」

流れるように次々と言葉が飛んできて、すっかり彼のペースに流されてる。自覚はあっても簡単に逃げられない。

「あれ。これって、あいつからのプレゼント？　可愛いブレスレットじゃん。それに、そっちの手はピンキーリングか。じゃあ次は、ここにはめる指輪かな？」

那須さんは私の左手に触れるなり薬指を親指でなぞった。私はぞわっとして、瞬時に振りほどこうとするも、力が敵《かな》わず捕われたまま。

「どっちが先とか別にないですし、あなたに関係ないですから！」

キッと睨《にら》みつけて威嚇《いかく》するも、那須さんにはまるで効き目はない。へらっと笑って返される。

「まあ関係ないって言われたらそれまでなんだけどさ。興味深いんだよな」

前に京ちゃんが話していた意味がなんとなくわかる。この人、やけに〝京ちゃんの彼女〟の私に絡んでくるし、友好的とも思えない。

「あの、放して……」

「知ってる？　瀬尾って、大学時代モテるくせに特定の彼女を作りたがらないって有名だったんだよ。まあ、在学中にひとりだけ噂《うわさ》になった女はいたか。強引に押し切られて渋々付き合ったとかだろうな」

ぺらぺらと昔話を並べ立てる那須さんをジッと見て、逃げるタイミングを窺う。すると、急に彼が鋭い視線を私に向けてきた。

「それなのに、なんでかきみにはすごい入れ込みようだよね。こんな光物《ひかりもの》のプレゼントをしてさ」

「私になにを言わせたいんですか？」

徐々に頭の中が冷静になる。私は狼狽えもせず、淡々と返した。那須さんは一瞬目を丸くして、大きな口で笑い出す。

「いやあ、そういう男が数年でこんなに変わるもんなのかなってさ」

私は京ちゃんの大学時代を見ていたわけじゃない。だけど、再会してから教えてもらった。

〝ピスカーラ〟の後を継ぐかどうかを迷って、仕事と向き合った結果、自らの意思で今の道を選んだ。そして、入社してからすぐ次期社長としての準備期間で、海外での生活を長く続けていた、と。

疎遠だった時間、ずっと私を想ってくれていたって……。

それらの話を疑ったりしない。だけど、那須さんには下手に口を滑らせたくもない。

「そのプレゼント、きみがねだったの？　確かに次期社長っていうくらいなんだから、好きなだけ欲しいものくれそうだもんな」

絶句《ぜっく》する私に、那須さんは饒舌《じょうぜつ》に続ける。

「そうは言っても、そんなものと引き換えにあいつと付き合うって相当覚悟いったでしょ？　なんせ、あの顔立ちで次期社長だ。女からはモテて不安になるだろうし」

「私、物欲《ぶつよく》のために彼と一緒にいるわけじゃないですから」

ついに堪忍袋《かんにんぶくろ》の緒《お》が切れて強く反論したら、那須さんは意外だったのかきょとんとした。しかしすぐに余裕顔に戻って、嫌味《いやみ》交じりに言われる。

「へえ。そう。それくらい本気ってことか。じゃあ順調にいけば、麻衣子ちゃんはあいつと結婚して、いずれ日本だけでなく世界中あちこちで社交パーティーに同伴されることになるよね。度胸ないと難しいよな」

改めて他人から聞かされて、私の立ち位置を思い知らされる。

京ちゃんと一緒になるっていうのは、私生活のみならず、公《おおやけ》の場で支える役目を担《にな》うわけだ。なにも考えず『好き』という気持ちだけで付き合った私は、そういう覚悟ははっきり言ってできているとはいいがたい。京ちゃんの周りにいる女性を気にしたり、彼の立場に気が引けるときもある。そこは紛れもない事実だ。

「俺、瀬尾はそういう場にふさわしい大人の女を選ぶんだと思ってたから、ちょっと拍子抜けした。きみ、堂々と表に立つタイプには見えないし、うまく立ち回れるようにも思えない。大丈夫？」

悔しいけれど、彼の言う通りだ。私は人前に立てる性格じゃないって自分で思うし、将来〝ピスカーラ〟を背負って立つ京ちゃんの隣に並んでいられるか、不安しかない。

ふと、みっちゃんとの会話が蘇った。

――『旦那になる人の会社や交友関係とかね』

まさに今、指摘された内容や環境だ。結婚したら、次期社長のパートナーとして隣に立たなきゃだめだし、公私ともに支えられる人間性が求められるはず。

京ちゃんの旧友にだって、きちんと対応するのが大人の礼儀《れいぎ》かもしれない。内心どう感じようとも、表向きは平穏《へいおん》に。どこで誰に見られているかわからないから。

私、単純に京ちゃんが好きな気持ちだけで、なんでも乗り越えていける気がしていた。家族になりたい一心で理想ばかり追うんじゃなくて、本当は、もっと慎重に真剣に考えるべきだ。妻になるって……将来を一緒に生きるって、きっとそういうこと。

「そうですね。確かに至らない点ばかりですけれど、私なりに頑張るだけです」

平静を装って言った私の心臓は、バクバクと早鐘《はやがね》を打っている。

強がっている部分もある。だけど、頑張る気持ちに嘘はない。気丈に振る舞って、ペコッと頭を下げた。

「失礼します」

那須さんに言われた、いろいろな言葉を思い返す。

もしや那須さんは京ちゃんに対してじゃなく、京ちゃんのそばにいた平凡な私に納得できなくて絡んできている……？

そう思うと早くここから離れたくて、私は一瞥もくれず大きく一歩を踏み出す。

「もう行くの？　ちょっと待ってよ」

那須さんの前を横切った直後、肩にかけていたバッグを引っ張られた。声を上げる間もなくバッグは地面へ落下して、中身の一部が飛び出す。

「あっ、悪い！」

那須さんは慌てた声を上げ、素早く長い足を折ってアスファルトに落ちたペンや手帳に手を伸ばした。私はアンケート用紙も持っていて、咄嗟に動けなかった。

「あの……？」

一向に動かない那須さんの背中を見つめ、彼の正面側を覗き込む。

「あっ！　だ、だめっ！」

瞬間、私はせっかくのアンケート用紙もくしゃくしゃに握りしめるほど動揺し、慌てて手帳をもぎ取った。

そこには仕事の予定だけでなく、ぱっと思いついたアイデアを書き留めている。

こんなの、他人に見られるなんて恥ずかしすぎる。

「麻衣子ちゃんって、プロダクトデザイナーなの？」

たかが職種に勘づかれただけ。

冷静になっていたなら、軽くいなせたかもしれないが、ふいうちで動揺を隠せなかった。

「私、急いでるので！　さようなら！」

私は彼の質問を無視して、地面に落ちていたカバンと荷物を素早く拾い上げ、足早に立ち去る。

歩きながら手帳を胸に押しつけ、嫌な動悸を押さえ込んだ。


帰宅してからも、しばらくは那須さんとの出来事が頭から離れずにいた。京ちゃんから連絡がきたらどうしようかと、そわそわ落ち着かない。

隠し事はしたくない。けれども、那須さんとの一件は嫌な気持ちしか残していない。

正直、こんな話、わざわざ貴重な時間の中でしたくはない。

ざわつく心で京ちゃんからの連絡を待っていたら、今夜は忙しいみたいでメッセージだけ送られてきた。

《電話できなくてごめん。ゆっくり休んで。おやすみ》
《ごめん》の文字に心の隅で安堵し、同時に良心が痛む。
私はベッドでぎゅっと目を瞑り、無理やり思考を閉じた。

京ちゃんは土曜日にフランスへ移動したらしい。フランスとの時差は約八時間。香港のときは一時間程度だから連絡が取りやすかったけれど、今度はそうはいかない。

日曜日に京ちゃんから電話がきた。こっちは朝の八時だったから、向こうは深夜零時くらいだったはず。

私は休日で時間はあったものの、京ちゃんに負担をかけたくなくて早めに電話を切った。当然、那須さんとの件を言い出す空気も時間もなく、私は胸に靄《もや》を抱えたまま月曜日を迎えた。

京ちゃんが帰国するまで、今日を入れてあと六日。予定では土曜の午前中に帰国するって聞いた。それまで、もうなにも起きませんように。

そう願いながらその日の業務を終え、やや重い足取りでオフィスをあとにする。

「やあ」

すっかり油断していた私の前に、那須さんが現れた。びっくりして言葉も出せず、棒立ちになる。目を剥いていたら、彼はニコッと笑った。

「会いに来た」

少年みたいな無邪気な顔を見せられ、少しだけ警戒心が緩んだ。

「どうして……ここが？」

「手帳にアミュレって単語見つけたから。〝ピスカーラ〟のアミュレって有名じゃん？　それに、瀬尾の会社が〝ピスカーラ〟だ」

男の人でもアミュレを知っているんだ。ちょっとうれしい。と思った矢先、京ちゃんの名前を出されて固まった。

那須さんはスラックスのポケットに手を入れて、私の目の前まで近づいてくる。高い上背を屈めて、私の両目を覗き込んだ。

「まさか社内恋愛だったとはね。あいつがわざわざ自分のオフィスにいる女を選んだのかって、ちょっと驚いた」

私は身構えて、彼を睨みつける。

「まだ私になにか用ですか？」

「そう警戒しないでよ。今日は意地悪を言いに来たわけじゃない」

那須さんは表情を変えずにそう言うが、簡単には信じられない。だって、先週はずけずけと言いたい放題だったし、常に揶揄《やゆ》するような態度だったから。

大体、『今日は意地悪を言いに来たわけじゃない』って、前回は故意に挑発していたってバラしているのと同じじゃない。

不信感でいっぱい。私は訝しく思って眉間に深い皺《しわ》を刻む。

「じゃあ、いったいなんの用で……」

「きみを引き抜きに来た」

「……は？」

那須さんが言下に答えたセリフで思考が止まる。

私を……なんて言ったの？　聞きそびれたんじゃない。理解できなかった。

「前は一方的にひどいことを言って悪かった。きみを男のスペック目当ての単純な女だって誤解してた」

さらに真摯に謝罪までされて戸惑うばかり。直後、私の瞳にさわやかな笑顔の那須さんが映し出される。

「この間、麻衣子ちゃんのメモ程度のデザインを一瞬見た。あれだけで、きみがデザインに懸ける想いを鮮明に印象づけられた。俺が今日ここに来た理由は、それだけ」

手帳に書いているものは、ほぼラクガキみたいなものだ。まさか、あんなもので？

「ああいうデザインを描く人間が、自分の欲のために男を振り回すタイプの女なはずがない」

拍子抜けするも、自分のデザインに興味を持ってもらえて、嫌な気はしない。むしろ、喜んでしまうくらい。

「え……ちょっと待ってください。あなたは……？」

デザインとか引き抜きとか……頭がついていかないのは、突然だったせいもあるけれど、一番は彼についてなにも知らないため。

「那須賢人《けんと》。個人デザイナー事務所の代表兼アートディレクター。ＷＥＢやパッケージ、いろいろと依頼は受けてるよ」

「個人事務所を？」

代表って、いわゆる社長みたいなものだよね。確かに那須さんって組織に馴染まなそうな印象だし、個人で会社を経営しているのは納得だ。

那須さんは名刺を私に差し出しながら答えた。

「そう。俺は残念ながら瀬尾と違って、普通のサラリーマン家庭で育ったからね。自分で会社を興《おこ》す方法でしか社長にはなれなかった」

受け取った名刺に目を落としていると、那須さんが《代表》の文字を指さす。

「まあ、肩書きにこだわりがあったわけじゃないんだが、自分のやりたいようにするためには、自分がトップになるのが手っ取り早いでしょ」

「すごい……」

思わず、感嘆の声を漏らす。

言うのは簡単。でも実行するのはなかなか厳しいはず。彼は軽い人だと思っていたけれど、仕事の面ではとても真面目で情熱的なのかもしれない。

「麻衣子ちゃんって嫌いなやつ相手でも褒められるんだね。素直だなあ」

「別に嫌いっていうわけじゃ……」

ニッと白い歯を見せて指摘され、はっとして口を手で覆った。こんなふうに答えたら、またグイグイと来られるかもしれない。

「俺、あいつとは学部が一緒だったんだ。経営学部ね。会社を起《た》ち上《あ》げるのに必要だろ？　瀬尾は瀬尾で将来上に立つ人間だから親にでも言われて専攻したのかもなあ」

ふと、那須さんが京ちゃんに絡む理由は生まれ育った環境の違いがきっかけだったりするのかな、と感じた。京ちゃんが、生まれながらに社長の椅子を約束されていて、それが単純に面白《おもしろ》くなかったとか？　苦労も努力もせずに、ただ後継ぎとして上に立てるって思われているのかも。本当の彼は〝ピスカーラ〟を継ぐ選択をするために、悩んだり頑張ったりしていたのに。

瀬尾京一という人間を、ちゃんと説明したい。しかし、那須さんの心の内は私の勝手な思い込み。確信を得られない限り、わざわざ私から切り出せない。

「きゃっ」

悶々としていたら、那須さんがグイッと私の手を引いた。

「俺のオフィスは〝ピスカーラ〟と比べたらちっぽけだ。だが、着々と実績残してるし、なによりフィールドが無限だよ。ここにいたら、決まったもののデザインのみになるだろ？　もっといろんなものをデザインしてみたいと思わないか？」

至近距離で生き生きとした目を向けられ、不覚《ふかく》にもドキッとする。

異性に感じるときめきとは違う。ただ、仕事にひたむきな一面を見せられたら、こんな魅力を持っている人なんだと思ってしまって。

「成長し、大人になるためには多くの経験が必要だよ」

「わ、私は……」

口を開いた瞬間、唇に那須さんの人差し指を当てられ、発言を止められる。

「こういう話は、即決しないでよく考えるほうがいい。これ、俺の連絡先。一度ゆっくり考えてみてよ」

彼は落ち着いた声で言い残し、「じゃあまた」と去っていった。

自宅に着いて、お風呂から上がった直後に短い着信音が聞こえてきた。パタパタと廊下を走り、リビングに向かう。

《ランチ休憩だよ。麻衣子はもう寝る準備したかな。早くそっちに帰りたい》

京ちゃんからメッセージだ。こっちが夜だから、向こうは昼間。いまだに慣れない時差に戸惑いつつ、すぐに返信する。

《お風呂あがったところだよ。今週末まで頑張って》

画面に《送信しました》と出たのを確認し、スマートフォンをそっとテーブルに戻した。直後、着信音が鳴り響く。どきっとして一瞬止まった。

京ちゃんから電話だ。再びスマートフォンに手を伸ばした際、ちらりと那須さんが脳裏を過ったが、軽く頭を振って応答する。

「もっ、もしもし！　京ちゃん、電話なんかして大丈夫なの？」

『うん。ちょっとだけ声聞きたくなって』

柔らかい声音を聞くと、ほっとする。

『今日は仕事とか特に変わったことはなかった？』

京ちゃんは、単に挨拶代わりに尋ねただけだと思う。だけど、今の私にはそんな抽《ちゅう》象《しょう》的な質問にも核心《かくしん》を突かれた感覚になって狼狽える。

那須さんに会ったって、本当なら隠さないほうがいい。でも、遠く離れている今、そんな話を聞かされれば、彼は絶対に気にする。帰国までまだ数日あるのに、仕事をしている京ちゃんの邪魔はしたくない。

「うん。任される仕事を前よりも早くこなせるようになった気がするよ。あとは、相変わらずコンテストのほうも頑張ってる」

迷ったが、私は那須さんの話を胸の内にとどめた。数日間、嘘を吐く形になる。

ごめんなさい。京ちゃんが帰ってきたら、ちゃんとすべてを話すから。

言いわけがましく心の中でつぶやく。

『そっか。お疲れ様。引き続き頑張って。くれぐれも無理のない程度に』

「わかってます」

電話だというのに思わず肩を窄《すぼ》め、丁寧な口調で返す。

「ほら。京ちゃんそろそろ、電話切らなきゃ」

『あー、麻衣子の声聞いたら、余計に会いたくなった。もう限界』

電話越しに届く彼の声色が微妙に変化した。微かに苛立ち、もどかしく切なげな声に、胸がきゅうっと鳴る。

「……前は何年も離れていたのに」

『あの頃はまだ麻衣子は俺のものじゃなかったからね。今は違う。もう当時と同じように我慢するのは無理』

どうして私の心臓は、こんなにも京ちゃんに反応するんだろう。

聞き慣れたはずの声。付き合うようになってからは、さらに甘い言葉をささやき、態度でも大事にされているって伝わってくる。

それなのに免疫もつかず、たった数分の電話だけですごくドキドキしてる。

京ちゃんはいつも余裕があるから、どちらかといえば私に『待ってて』っていう側だと思ってた。まさか『限界』とか言われるなんて……。私のほうが会いたくなっちゃうよ。

『なるべく早く帰る。また連絡する』

「……頑張って」

彼は『ありがとう』と通話を切った。私はさっきまで繋がっていたスマートフォンを離しがたく、しばらく握りしめていた。

その後、いつも頭の片隅に那須さんがいた。受け取った名刺もなんだか捨てられず、そうかといって目に入る場所にも置いておけず、手帳の中にしまい込んでいた。

時間が経つにつれ、彼の誘いは本当だったのだろうかと疑問を感じ、次第に現実味が薄れていった。そして、今日は金曜日。

もらった仕事をなんとか終わらせたくて粘《ねば》っていたから、オフィスを出たのは六時半になった。

京ちゃんが戻ってくるのは、明日の朝の予定。ようやく会える、と緩む口元をどうにか引き結び、ピンキーリングをはめた手で左腕のブレスレットに触れた。

「やあ。お疲れ様」

「なっ、那須さん！」

突然、那須さんが片手を上げてやってきた。

私の連絡先を知らないから、事前連絡もなく急に現れて当然。しかし、やはり驚いてしまう。

どぎまぎしていると、那須さんは私に笑いかけてきた。

「こないだの話、どんな感触か聞きに来たんだ。迷ってそうならあとひと押し必要かなってね。で、ちゃんと俺の仕事を見せてなかったなあと思ってさ」

さらっと言われて、目を丸くした。那須さんが自分の会社に……って私に声をかけたのは本気だったんだ。

「那須さん、私……」

「まあまあ。言いたいことはあとで聞くから。まずは見てみてよ」

強引にタブレットを渡され、渋々画面に視線を落とす。すでに開いていた画像フォルダの中身を私は凝視した。

「この文具のパッケージ！　ずっと可愛いって思ってました！　まさかこれ、那須さんが？」

「お、それね。そうそう。俺がデザインした修正テープ。クライアントにも気に入ってもらえて、ほかにもクリップとか消しゴムとかも手がけた」

那須さんのコメントを耳に入れつつ、画面を夢中でスワイプさせていく。どれも洗《せん》練《れん》されたデザインで興味を引かれる。しかも、中にはさっきあったような身近にあるものも多くデザインしているらしいから余計に驚いた。

「えっ。このトースターも？」

以前、電器店でトースターを買うのに母と迷っていた、そのときのトースターが画面に出てきてさらにびっくりした。

那須さんは私の手元を見たあと、子どものように無邪気な笑顔で答える。

「家電系は一緒に働いてるスタッフと一緒に考えた。そいつの得意分野だから」

「すごい。本当に幅広く活躍されてるんですね……」

「めっちゃ大変だけど、それ以上に面白いしやりがいがあるよ」

私は今のところコスメ限定でデザインをする仕事だけれど、確かにこういう広いジャンルからデザインするのもやりがいがありそうだ。

意識がタブレットの画面に吸い込まれ、思わず感心する。

「もし抱えている仕事があってすぐには無理って言うんなら時期は譲歩《じょうほ》するよ。デザインした本人が途中で抜けたりするのはさすがに悪いし、無責任って叩かれるだろ」

「私はまだ新人なので、商品のデザインなんてさせてもらえる立場にいませんから」

こんなにすごい仕事をしている那須さんの意向《いこう》が本物だとわかったら、私を買い被《かぶ》りすぎているとしか思えなくなって即答した。ちょっと私のデザイン案を見たくらいで過度に期待されているのだとしたら困る。

那須さんは可笑しそうな声で答えた。

「デザイン業界じゃ、新人だろうがベテランだろうが関係ないはずだ。いいものを描けば、それが選ばれる。瀬尾はきみの才能に気づいてないの？　だったらあいつの目は節穴《ふしあな》だな」

自分が褒められるよりも、京ちゃんを貶《けな》された事実のほうが、私にとっては大きな問題。思わずムッとして言葉を返す。

「瀬尾常務は常に公平です。それに社員ひとりひとりを大事に思っている、素晴らしい人です」

京ちゃんは仕事に関して、私に気を遣ってお世辞で褒めたりしない。自分の仕事も忙しいのに、合間を見て各部署を回って社員へ丁寧に声をかけているのも知っている。

那須さんに悔しい気持ちを滲ませた視線を向けると、彼はおどけて笑い出した。

「ははっ。素直な麻衣子ちゃんが言うんだから身内の欲目ではなさそうだ。……まあ、あいつは地位や名声に驕《おご》らず努力する人間だってのは、多方面で見聞きしてたし、なにより近くで見てたからわかってたよ」

途中から真剣な顔つきに変わったのを見て、私は目を瞬かせる。

京ちゃんのこと、ちゃんと認めたうえで絡んでたの？　だったらやっぱりそれって、嫉妬や嫌がらせ目的じゃないんじゃ……。

そういえば産婦人科の前で遭遇した際にふと思った。彼はあのとき、私に対して突っかかっているんじゃないかって。勘違いじゃなければ、京ちゃんじゃなくて京ちゃんのそばにいた私が気に入らなかったのかなって。

考え込んでいたら、那須さんが距離を詰めてきた。反射で持っていたタブレットを胸に抱えた私は、じりじりとにじり寄る彼を突き放す術《すべ》もなく困惑する。

「でも麻衣子ちゃんの才能を見出す力を持っているかどうかは別の話……わっ⁉」

那須さんの異変を感じ、自然と俯きかけていた顔をぱっと上げた。彼は肩を掴まれるなり思い切り後方に引っ張られ、バランスを崩したみたいだった。

「どうしてお前が麻衣子と一緒にいるんだよ！」

那須さんを驚かせたのは……。

「京ちゃん！」

まだ日本にいるはずのない京ちゃんだ。

一瞬、理解が追いつかず停止していたが、すぐに私は京ちゃんのもとへ一歩踏み出す。手を伸ばしたら、那須さんが私の腕を掴み、私たちを阻《はば》んだ。

「それは俺が麻衣子ちゃんに会いたくなったから」

そうして、わざとらしく京ちゃんを挑発する言葉を放つ。さらに私の肩を抱き、親密さを匂わせる。

「那須！　麻衣子に近づくなって言っただろ！」

声を荒らげる京ちゃんは、初めて見るかもしれない。私に向けられた声じゃないのに、ピリッとした空気が伝わって思わず硬直した。……にもかかわらず、那須さんはまったく堪《こた》えていない。平然として、へらへらと笑った。

「その荷物、長期出張中だった？　じゃあ、この前は瀬尾がいないから麻衣子ちゃんはあそこへ行ったのか～」

「なっ……」

焦りのあまり、わかりやすく動揺してしまった。京ちゃんは当然私の反応に気づき、眉間に深い皺を作る。早く説明したいのに言葉がまとまらない。

「俺は、彼女の秘密を知ってるよ。今のお前の表情……内容を教えてほしいんだろ？」

「那須さん、待っ……」

「いいよ。教えてやるよ。俺が先週麻衣子ちゃんと会った場所は……産婦人科」

私の制止も聞かず、那須さんはあっさり暴露《ばくろ》する。私も落ち着いて説明をすれば解決するのに、誤解されるっていう焦りから全然声が出せない。

京ちゃんは私を食い入るように見てる。

「不安そうな麻衣子ちゃんに付き添って、相談に乗って……」

さらに那須さんが出まかせを続けたところで、瞳を揺らしていた京ちゃんは、スイッチが入ったように那須さんへ飛びかかった。

「なんでお前が……っ」

「ちょっと待って!!」

京ちゃんが今にも那須さんに殴りかかりそうで、身体が勝手にふたりの間に割り込んでいた。

産婦人科だなんて場所が場所なだけに、あらぬ誤解を抱かせるに決まってる。まずは疑念を払しょくしないと！

「誤解なの！　那須さんとは偶然会っただけだし、産婦人科も仕事の延長で訪問していただけ。コンテストにかかわる内容だったから、京ちゃんには黙っていたの」

事実だから堂々としていられる。

京ちゃんも私の顔を見て納得したのか、少しクールダウンした様子で、握りしめていた拳の力を緩めていた。

「あとでゆっくり話を聞くよ。行こう」

京ちゃんはそう言って私の手を取り、那須さんを置いていこうとした。すると、背中越しに那須さんが声を上げる。

「邪魔が入ったから、日を改めるよ」

「必要ない。二度と麻衣子に手を出すな。俺に用があるなら……」

「今の俺は瀬尾に用はない。会って話がしたいのは彼女だよ」

那須さんは意味ありげに口の端を吊り上げ、私に視線を送ってくる。

「なにを……」

「ねえ。麻衣子ちゃん。ぜひ前向きに検討して」

京ちゃんの言葉を無視して、那須さんは私に向かって満面《まんめん》の笑みを浮かべていた。

なにも、こんな形で京ちゃんの耳に入るように言わなくても……。

那須さんへの不満と、京ちゃんに対する不安がこみ上げてくる。けれど、どんな回答をすれば回避できるかわからない。

もたもたしているうち、京ちゃんが唸《うな》るように低い音を発する。

「いったい、なんの話をしている」

背筋も凍る鋭い声に、震えそうな肩を必死で止めた。怯《おび》える私に那須さんが近づいてきて、私の腕からタブレットを抜き取った。

「〝ピスカーラ〟の常務の前じゃ、ゆっくり話もできないから出直すわ」

那須さんが柔らかい微笑《びしょう》を残し颯爽《さっそう》と去っていく。その背中を見つめていたら、京ちゃんが淡々と言う。

「とりあえず帰る。いいね？」

「……はい」

京ちゃんに繋がれた手が居心地悪いなんて、初めてだ。

タクシーを捕まえ、後部座席に並んで乗り込み、マンションへ向かって走り出す。

車内は重苦しい雰囲気で、京ちゃんは一切言葉を発しなかった。

そんな空気ではいくらやましい事実がなくても話を切り出せず、結局到着するまで無言で、長く感じる時間を過ごしていた。


数十分後、マンションに着いてエントランスを抜ける。スーツケースを転がす彼の背中を、窺うように見つめていた。

エレベーターの中もしんとしていて、私の胸は嫌な動悸が走っていた。部屋に入り、リビングまで来てようやく京ちゃんが口を開く。

「なぜ黙っていたんだ」

背を向けられた状態で問われ、身が竦む。

理由はきちんとある。緊急性があったわけじゃなかったし、京ちゃんの邪魔になるだろうから、帰ってきてから報告しようと思っていた。しかし、それさえも今の雰囲気だと言い出せない。

私が沈黙していると、京ちゃんがおもむろに振り返る。

「答えられないなら質問を変えるよ。あいつが言っていた話は、どういう意味？」

ひとつ前の質問よりは幾分《いくぶん》か声色が柔らかくなった気もする。けれども、厳しい顔つきは変わっていなくて、緊張は解《と》けないまま。

私は強張った状態で、たどたどしく口を開く。

「私を……引き抜きたいって」

「は？　麻衣子を引き抜くだって？」

京ちゃんは相当びっくりしたのか、瞳をこれまでになく大きくさせて聞き返す。そして、着ていた上着を乱暴にソファへ投げた。

「あいつ、関係のない麻衣子まで振り回して……」

「ううん。きっと違う。那須さんは、ちゃんと私のデザインを見て決めてくれたみたいだった」

思わず口から零れ出た言葉に、京ちゃんの顔色が変わる。

「麻衣子……？　なにを言ってるの？」

「ご、誤解しないで！　私は那須さんの話に迷ってるわけじゃなくて」

「那須さん那須さんって、あいつの名前ばっかり呼ぶなよ！」

すごい剣幕《けんまく》で大声を出され、瞬間、口をきくどころか息さえも止まっていた。彼は刹那、置き物みたいに動かなくなった私に、ばつの悪そうな表情を見せた。そして、ふいっと顔を背け、荷物をすべて持ってドアへ足を向ける。

「ごめん。俺、仕事残ってるし、ひとりで頭冷やす」

背中越しにぽつりとつぶやき、京ちゃんはリビングを出て行き、私は取り残された。

京ちゃんがあんなに怒るのは初めてかもしれない。とても怖かった。

だからって、彼に幻滅《げんめつ》するわけない。

ああやって感情を爆発させたのは、私を本当に心配しているから。きっと、怒りより不安な気持ちから、少し乱暴な言い方になってしまっただけ。

――今回は私がきちんと伝えなきゃ。

私は自分の部屋に行き、スケッチブックを手にして、ずんずんと書斎へ向かう。ドアの前で両足を揃え、ノックもせずにバン！とドアを勢いよく開けた。そのまま部屋の中央まで歩を進め、京ちゃんが今しがた座ったであろうデスクの横に立つ。

「那須さんのこと報告しなかったのは、出張中の京ちゃんに心配かけて仕事の邪魔をしたくなかったから！」

京ちゃんは目を剥いて私を見ていた。

どっちが最善か、悩みに悩んだ。結局、京ちゃんに仕事に専念してもらいたくて、事後報告にした。それが彼を不快な思いにさせる可能性があるっていうのも、わかってた。

「ごめんね。私は京ちゃんよりも、自分の気持ちを優先したの」

私の勝手な予想。おそらく逆の立場になったとき、京ちゃんも私と同じ選択をするんじゃないかなって。今、私を責め立てないのは、私の心情もわかっているからだって思ってる。

「那須さんって初めは京ちゃんの言うように掴みどころのない人って印象だった……。けど、彼が手がけた仕事を知った今、案外真面目な人なんじゃないかって思うの」

「あいつが真面目？」

冷笑する京ちゃんを前に、心を決めて大きく息を吸う。

「プライベートの那須さんは知らないけれど、彼の作品は、どれも印象に残るものばかりだった。そういう人に認められたら、やっぱりうれしく思う」

付き合っている相手に、ほかの男性を褒めるのは、本当はよくないのかもしれない。迷いがなかったわけじゃないけれど、私はやっぱり、すべてを素直に伝えたい。

京ちゃんと、この先もずっと一緒にいたい。だったら、なるべくなんでも言える関係性を築くのが一番。

京ちゃんは私を視線から外し、ぽつりと返す。

「……そう。麻衣子が考えて決めたなら、俺は止めな――」

私は京ちゃんの発言に瞳を揺らしたが、すぐに彼の腕を掴んで、喉の奥から声を絞り出した。

「なんで？」

スケッチブックを握る手に力が入る。目頭《めがしら》が熱くなって、今にも溢れてしまいそうな感情の粒を必死に堪える。

「京ちゃんが私を『止めない』って言うのは、私が那須さんの事務所へ行く選択をする可能性があるって思ってるからなの？」

「え……」

「そうだよね。京ちゃんは仕事に関してはフェアな目線で見てるし、新入社員の私ひとりくらい抜けても、また補充すればいいもの」

「麻衣子！　それ本気で言ってるのか⁉」

「それはこっちのセリフだよ！　京ちゃんこそ本気なの？」

京ちゃんは勢い余って椅子から立ち、私たちはお互いに声を荒らげる。私は視線を交錯《こうさく》させ、悔しさと悲しみを滲ませた目を向け続ける。

「違う……！」

京ちゃんはそう言うなり、私を引っ張って力強く抱きしめた。

「麻衣子の居場所はここだ。迷ってる程度の覚悟なら絶対に行かせない」

くぐもった声が頭のてっぺんから響く。痛いと感じるほどきつく回された腕に、苦しさよりも安堵が増していた。

「あいつのことなんて考える隙もないくらい、俺でいっぱいにする」

私はスケッチブックを落とし、京ちゃんの背中に両手を伸ばす。

「……もう、いい加減愛想《かげんあいそ》つかされたのかと思っちゃった」

京ちゃんの胸に鼻先を埋め、唇を震わせた。

京ちゃんは度々私を甘やかす。私はいつの間にかそれに慣れて、多少の問題なら許される気でいたのかもしれない。

「まさか。俺がただ余裕なくなって……ごめん」

彼の手の力が緩んで、いつもと同じ優しさで包まれる。ほっとして頬を寄せ、ふと瞼を押し上げていくと、足元には無造作に開かれたスケッチブックが見えた。

「私、那須さんの誘いには一ミリも心は動かなかった。これがその理由と答え」

京ちゃんの腕の中から、ゆっくり顔を上げていき、目が合うとスケッチブックへ視線を誘う。

まだまだ未熟な私のデザイン。京ちゃんとはいえ、中身を見せるのには正直勇気がいる。けれども、どうしても今見てほしかった。気づいてほしかった。

上手い下手じゃなく、伝えたい想いがスケッチブックに詰まってる。京ちゃんはわかってくれると信じてる。

「私はアミュレが……〝ピスカーラ〟が好きでここにいるの」

現在の私も、過去の私が頑張ってこられたのも、原点はひとつの気持ちだけ。

すべての原動力は『好き』からできていて、なににも代えがたい想いの行く先は、どんなときも〝ピスカーラ〟だ。

京ちゃんがそっと私から離れ、スケッチブックを拾い上げる。そして、慈《いつく》しむように紙面を撫でた。

「うん」

彼は柔らかな声音を落とし、口元を緩める。

「知ってるよ。麻衣子の〝ピスカーラ〟への気持ち。俺は麻衣子のデザインしたコスメを近くで見ていたい」

　私は大好きな彼に穏やかな心地で話しかける。

「今のままじゃなくてもっと魅力的な女性になって、私も京ちゃんのそばにずっといたいの。京ちゃんに認めてもらいたいのは、那須さんだけじゃなく私も一緒なんだよ」

「那須……？　なんでここであいつが出てくるんだ？」

　怪訝《けげん》な声で返されたから、思わずくすくすと笑った。

「あの人、たぶん京ちゃんが好きなんじゃないかな。言うじゃない。嫌い嫌いも好きのうちって」

「は？　冗談言うなって」

「一般的に『恵まれている』って言われる環境で、自分の立場と仕事に真摯に向き合う京ちゃんを本当は尊敬しているんだよ。刺激を受ける好敵手《こうてきしゅ》、みたいな」

　きっとそう。初めはぱっとしない私が京ちゃんの隣にいたのが納得できなくて、私に牙を剥いて……。京ちゃんほどの人が平凡な私と一緒にいたから。ライバルとしてどこか腑《ふ》に落ちなくて、認めたくなかったのかなって。

「好敵手って。そもそも厳密には俺たちの仕事は同じとは言えないのに」

「商品を考えて作って世の中に出すっていう面では一緒だよね」

仕事の話をする那須さんは、いい加減な人に思えなかった。そうは言っても、出会って間もない私が那須さんの心情をすべて察するのは難しい。

アミュレをデザインした深見さんは、作品通り愛情深い人だった。那須さんのデザインからは、彼の繊細で鋭い感性と、それ以上に思い入れと一途《いちず》な心を感じた。

「それより、那須の口から麻衣子と産婦人科で会ったって聞いて理性を失ったよ」

私はきょとんとして、目を瞬かせた。そういえば、そんな話も那須さんがわざと言っていたんだだった。

「やっぱり、頭が真っ白になるもの？」

「いや。真っ白っていうより、なんで大事なことをあいつが一番に知るんだって、悔しさと怒りが先に湧いた」

産婦人科の件については、私がコンテストのためにって一方的に秘密にしていた話。

私は申し訳なくて肩を竦めた。

「あれはさっきも説明した通り、仕事の延長だったの。病院を出たところでたまたま那須さんと会っただけ。勘違いさせてごめんなさい」

京ちゃんはひとつ息を吐く。ドキリとした矢先、スケッチブックを差し出された。

ゆっくり目線を上げていくと、京ちゃんは微笑を浮かべている。そろりとスケッチブックを受け取った瞬間、抱きしめられた。

「もしも、本当にそういうときが来たら、ちゃんと教えて。無理やり時間作ってでも、麻衣子と一緒に行くから」

「む、無理やりって。それは蒼井さんにしわ寄せがいくよ。まあ、どっちみち気が早い話だか……ら」

あたふたとして早口で返したら、ぎゅうっと身体を拘束される。

「あっという間だよ、きっと」

「え？」

耳に届きはしたけれど、なんだか信じがたくて聞き返していた。しかし答えはなくて、頭をぽんと撫でられただけ。

「ああ、そうだ。麻衣子にお土産があるんだった。ちょっと待って」

「お土産？　そういえば、予定より早く帰ってこれたんだね」

「うん。少しでも早く麻衣子に会いたくて」

京ちゃんはいそいそとスーツケースから袋を取り出し、私にくれた。袋の大きさ自体はスケッチブックが入るくらいだけど、中身はぎっしり詰まってる。重みもあって、いったいなにをたくさん買ってきてくれたのかと袋の口を覗き込んだ。

「これ全部……コスメ？　すごいいっぱい……」

「それでも一応セーブしたんだよ」

箱を試しにひとつ開けてみると、香水が出てきた。まだ外箱を開けただけなのに、ほのかに甘い香りが鼻孔をくすぐる。

「いい香り。容れ物も可愛い」

薄いブルーの液体が入ったボトルは、丸みを帯びているしずく型。部屋に飾るだけでも十分価値がありそうな愛らしいデザインだ。ほかにも、定番のリップからファンデーション、マニキュアなど本当にいろいろな種類が入っていた。

「コスメ自体の色味も斬新《ざんしん》。パッケージもそれぞれ目を引くね！」

「海外に行くと感性も広がるし、為になる。麻衣子もそのうち社用で海外に行く機会もあるかもしれないし、パスポートがないなら作っておいたほうがいいよ」

「海外かあ……確かにちょっと憧れるなあ」

手の中に収まりきらないほどのコスメを見て、無意識に零す。そこに、ふいうちで京ちゃんが額にキスを落とした。

「出張の前に新婚旅行に行こうか？」

「なっ……」

「麻衣子とのハネムーンなら一週間じゃ足りないなあ」

「あ！　この下地、オーガニックって書いてない？　わあ、こういうのって女性の興味引きそう！」

急に激甘な雰囲気に転がりそうで、照れ隠しのためにごまかした。冷静になったら、約一週間ぶりの再会で緊張してきちゃって……。

「向こうの衣料品や日用品にもあるよ、オーガニック」

「へえ」

うまく話が逸れた。今のうちに、動悸を落ち着けなきゃ。

ドキドキ跳ねる心臓を懸命に抑え、香水のボトルをもう一度まじまじと見つめた。キャップを外して鼻に近づける。

個人的にとても好きな香り。京ちゃんが私の好きそうなのを選んでくれたのかな。だったらうれしい。……今、こんなに気に入った匂いでも、もし妊娠したら苦手なものに変わるんだろうか。人それぞれとは聞くけれど、大抵は匂いがだめになるみたいだし。

「なに考えてるの？」

「え。あ……もうちょっとだけ秘密」

横から顔を覗き込まれ、我に返って慌てて返す。すると、京ちゃんはわかりやすく不機嫌になった。だけど那須さんの話で怒っていた雰囲気とは違うって、ちゃんとわかった。

「ごめんね？」

今度は私が京ちゃんの様子を窺う。刹那、ひょいと抱き上げられて言葉を失った。

彼はニッと口の端を上げ、鼻先を近づけて言う。

「いいよ。じゃあ、へそを曲げた俺の機嫌を取って」

「えっ……待っ……」

「もう一秒だって待てない」

京ちゃんは私を抱え、ベッドルームへ足を進めた。さっき落ち着いた私の心臓は、あっという間に激しく脈打つものに逆戻り。むしろ増しているかもしれない。

丁寧にベッドに下ろされ、京ちゃんを仰ぎ見る。

「せっかく帰ってきたのに、危うくケンカしたまま終わるところだった。麻衣子のおかげでこうしていられる。ありがとう」

艶を含んだ声でささやかれ、瞬く間に口を塞がれる。

「好きだよ。俺をこんな気持ちにさせるのはマイだけ」

あとはもう、彼に視覚も触覚もなにもかも支配され、思考も持てずにすべてを委ねた。しなやかな腕に抱かれ、何度も名前を呼び合っていくうち、恍惚と幸福の中に落ちていった。

週明けの月曜日。昼休憩になり、私はオフィス一階のカフェに出向いた。

奥の四人がけの席に案内され、オーダーを待ってもらうようカフェのスタッフにお願いして、足元から天井までの窓から外を眺める。

約十分後、私のもとにスタッフがやってきた。私は顔を上げると同時に、椅子から立ち上がる。

「待たせてごめん。ちょっとクライアントとの打ち合わせが長引いちゃって」

スタッフの後ろについてきていた那須さんが、さわやかに片手を上げて言った。

「いえ。お忙しいのにこちらまで出向いていただいて申し訳ありません。ありがとうございます」

「気にしないでよ。打ち合わせ場所がちょうど近くだったから。それに麻衣子ちゃんに呼ばれれば、俺はどこへでも行くし」

那須さんは相変わらず口が上手い。私が反応に困って愛想笑いを浮かべていたら、再び人影が近づいてきた。

「人の彼女を気安く名前で呼ぶな」

「きょ……瀬尾常務！」

京ちゃんの姿に私と那須さんは目を丸くする。

確かに、今日ここで那須さんと会って話をするって報告はした。京ちゃんにしては、わりとあっさり聞き入れていたから、もう気持ちの折り合いがついたとばかり思っていたけど、どうやら勘違いだったみたい。

好戦的な視線を那須さんに向けて私の隣に座る京ちゃんを、ハラハラと横目で窺う。

「コーヒーをひとつ。麻衣子は？」

「えっ。あ、私は紅茶を……那須さんは……？」

「コーヒーをもらうよ」

オーダーを取り終えたスタッフが去ったあと、那須さんはあからさまなため息を吐いた。

「まったく。過保護すぎだろ。お前は彼女の保護者かよ」

「保護者じゃない。婚約者だ」

一触即発《いっしょくそくはつ》の雰囲気に、あたふたとふたりの間に割って入る。

「あ、あの！　以前、いただいたお話なんですが！」

私が切り出した拍子に、ふたりの視線が同時にこっちへ向いた。私は正面に座る那須さんをまっすぐ見る。

「とてもありがたいお誘いでしたが、お断りさせていただきます」

「それって本心？　瀬尾のせいじゃなく？　仕事に私情を挟むのはナシだよ」

深く頭を下げたら、那須さんに凛とした声で返される。

那須さんの表情は、普段と打って変わって真剣なものだ。やっぱりこの人は、京ちゃんへの当てつけではなく私を誘ったんだ。それならば、私は彼に対し、誠心誠意《せいしんせいい》気持ちを伝えなきゃいけない。

「はい。私はここで頑張ります」

しばらく那須さんとふたり、固まったまま視線を交わらせていたが、彼が先に動いた。ガシガシと頭を掻いて目を伏せる。

「はー。もったいないなあ。麻衣子ちゃんの才能を何年燻《くすぶ》らせるつもりかねえ？　この常務は」

認められるのはうれしいんだけれど、私にそういった才能が本当にあるのか、ずっと疑問だった。

反応に困っていたら、隣に座る京ちゃんがはっきりと言い切る。

「もうすぐだ。まもなく彼女のデザインは形になる。そしていつか、世界中に認められるはず」

京ちゃんの凛々しい横顔に瞳を奪われる。

これまで何度か京ちゃんに激励してはもらった。しかし、こうはっきりとした言葉をもらったのは初めて。そんなふうに熱い眼差しで言われたら……身体の奥底から力が無限に湧いてくる気さえする。

「へえ。それがこの場凌《しの》ぎの発言じゃないことを願うよ。麻衣子ちゃんのためにね」

那須さんが鼻で笑ってあしらうも、京ちゃんは動じず静かに笑みをたたえた。

「わかったようなことを言ってるが、大体お前は肝心な部分をわかっていない」

「なにをだよ？」

煽ったはずの那須さんが、逆にしかめっ面を見せた。そこにオーダーしていた飲み物が運ばれてきて、一時休戦する。スタッフがいなくなっても、誰もカップに手を伸ばさなかった。カップから立ち上る湯気を目に映していると、先に京ちゃんが優雅にコーヒーを口に含み、ゆっくりとソーサーに戻した。

「麻衣子の才能を認めたのはさすがだ。だけどお前のもとへ行っても麻衣子は実力を発揮しない。彼女の良さを最大限生かせるのは、あくまで〝ピスカーラ〟だ」

「はっ。お前はそうやって彼女の世界を狭《せば》めるのか。自分の目の届くところに置いておきたいがために」

呆れ交じりに吐き捨てた那須さんに、私は咄嗟に声を上げる。

「そうじゃないんです！」

那須さんはびっくりした顔をして私を見ている。私は呼吸を整え、改めて言葉を続けた。

「那須さんが興味を持ってくださった私のデザインは、すべて〝ピスカーラ〟のものなんです」

「知ってるよ。コスメ以外は未経験かもしれない。だが、あれだけデザインに愛情を注げるなら……」

「すみません。今、私がそうやって心を込められるのは〝ピスカーラ〟なんです」

仕事もまだままならない自分が唯一、胸を張れるもの――。

「先の話は私にもわかりませんが、現段階ではっきりしているのは〝ピスカーラ〟のコスメに私の想いを全力で注ぎこみたい気持ちなんです」

那須さんは私の真剣な気持ちを聞き、長い息を吐いたのち、椅子の背もたれに寄りかかった。

「……そういうわけか」

どう思われたかまではわからないが、とりあえず納得はしてくれたようだった。

「じゃあ、もう用は済んだな。行こう、麻衣子」

京ちゃんがガタッと立ち上がって、伝票に手を伸ばしかけたとき。

「ちょっと待てって。麻衣子ちゃん、せっかく頼んだお茶も飲んでないだろ。休憩時間くらい、ゆっくりさせてあげろよ。ああ、常務はお忙しいなら先に業務に戻っても全然いいよ」

那須さんがこれまで通りの憎まれ口を叩くと、京ちゃんも瞬時に反応する。

「はあ？　ふたりきりにさせられるわけないだろ」

一度立ち上がったにもかかわらず、再び席に着いて那須さんに噛みついた。

こういう京ちゃんは、今まで見たことがなかった。那須さんだけに見せる顔なんだろうな。そう考えたら、京ちゃんにとって那須さんって特別な人だと思う。

「どう見ても、やっぱり保護者だよなあ。まるで子どもの世話を焼いてるみたいだ」

「あ。もしかすると、もう昔からの癖なのかも……」

まじまじと私たちを見やって那須さんがつぶやいた言葉に、私はふいに返した。

「昔からの癖？」

「麻衣子！　余計なこと言うな」

横から京ちゃんが注意するも、那須さんはお構いなしだ。まるで京ちゃんの存在を無視して、私だけに話しかける。

「え？　入社してから知り合ったわけじゃないの？」

彼の質問に答えるのに抵抗はない……けど、京ちゃん的にはまずいのかな。

ちらりと隣を窺うや否や、那須さんがにんまり顔を見せる。

「ふたりがオフィス内のカフェで堂々と並んで座ってられるのは、大方社内公認だからなんだろ？　じゃあ、その辺の社員捕まえて聞けばわかる……」

「幼馴染みだよ！　ほら。さっさとコーヒー飲み干して自分のオフィスに戻れ」

ついに京ちゃんが観念《かんねん》して、自棄気味《やけぎみ》に答えると、那須さんはきょとんと固まった。

「幼馴染み……？」

京ちゃんが聞き返された言葉をスルーしてそっぽを向くものだから、私が代わりにコクコクと頷いた。

「どうりで可愛がってるわけだ。しかしまあ、大学時代にはそんなふうに感情を露わにするって一度もなかったよな。機械みたいな男も、血の通った人間だったんだな。

まったく可笑しすぎるぜ」

「うるさい」

照れているような不貞腐《ふてくさ》れているような……京ちゃんの子ども染みた反応は、確かについ笑っちゃう。私の前の彼は、どんなときも大人で余裕があるから、耳を薄っすら赤くしている姿が可愛くて仕方がない。

「ま、俺はあの頃のお前より、嫉妬して取り乱してカッコ悪いお前のほうが好きだわ」

那須さんはそう言って、クイッとカップを傾けてコーヒーを飲み干すと、席を立つ。

「てわけで、また会いに来るね。麻衣子ちゃん」

さわやかに白い歯を覗かせる那須さんに目をぱちくりさせていたら、京ちゃんが軽くテーブルを叩いた。

「は!? おい那須、なに言ってる!」

那須さんは伝票を拾い上げるなり、手をひらひらさせて京ちゃんを軽くあしらい、颯爽とカフェを出て行った。

「那須さんって不思議な人だね」

掴みどころがなくて、なんだか憎めない人。

「なにを悠長《ゆうちょう》なこと言ってるんだよ。麻衣子、今度あいつが接触してきても無視していいから」

憤慨する京ちゃんに、つい笑いを零した。

「……麻衣子。その顔は俺の言うこときかないつもりだろ」

「だって……。那須さんやっぱり悪い人じゃないみたいだし、仕事も似てる部分があるし。それに、私が知らない京ちゃんの話もたくさん聞けそう」

人によっては彼氏や夫の交友関係にまで首を突っ込みたくないって言うかもしれない。だけど私は、京ちゃんの交友関係に触れられるのがうれしい。

迷いや不安があっても、やっぱり彼の世界に踏み込みたい。


一件落着した三日後の木曜日は、クリスマスイブ。

夜には京ちゃんとホテルのレストランでディナーの約束がある私は、平日で仕事があるにもかかわらず朝からどこか浮き立っていた。

ディナーの予約時間は九時。京ちゃんから『どうしても外せない仕事の都合でちょっと遅めになる。ごめん』とあらかじめ謝られていた。

私としては、京ちゃんに無理をさせてまでイブにディナーに行かなくてもよかったけど、逆に捉《とら》えたら無理してまで予定してくれたデートだもん。だから素直に喜んで、楽しみにしている。

八時を過ぎた頃、京ちゃんからはまだ連絡はなかったが、先に帰り支度を始めた。深見さんに挨拶をして部署を出た直後、スマートフォンが鳴る。私はメッセージの内容を確認するなり、目を剥いた。

《麻衣子、まだオフィスにいる？　常務室に来れる？》

思わず足を止めて画面を凝視する。

常務室って……。そんなの今まで言われたことないのに、どうしたんだろう。

当然、一新入社員の私は常務室なんて行ったこともない。まあ、初めのオリエンテーションで各部署や重役の部屋の位置は教えてもらったけど……。

私は迷いつつも、人目を気にしながら常務室へ向かった。

扉の向こうにいるのはいつも一緒にいる彼だとわかっているのに、重厚な扉を前にしたら妙な緊張感を抱く。一度深呼吸をし、ノックをしようと右手を宙に浮かせた瞬間、ドアが開く。

「わっ」

「あ、驚かせてごめん。麻衣子のことだから、なかなか入れずにいたりしてと思って」

まさに言われた通りだった私は、京ちゃんに促されてもなお、恐縮して部屋の隅に立つ。

「そんなにびくびくしなくても、もうこのフロアはみんな帰ったよ。蒼井さんもね」

京ちゃんに言われて、肩の力が抜ける。ようやく視野も広くなってきた途端、常務室内の大きな窓に目を奪われた。

「きれい」

「ああ。オフィスから眺める景色もなかなかだろう?」

上階からはこんなふうに街の灯りが煌《きらめ》いて見えるんだ。私がいるデザイン部とはまったく違う。

ガラス越しに室内が反射して映り、ふとあるものに気づく。私は振り返ると、夜景よりもそちらのほうに意識を持っていかれた。自然と足が向き、幅のあるキャビネットの上に注目する。

「やっぱり麻衣子の興味を引くのは夜景よりこっちか」

背後から優しい声音でささやかれた。

私が夢中になったのは、整然と並んだ〝ピスカーラ〟のコスメ。

こんなふうにシリーズ毎《ごと》にディスプレイされているのを見たら、いつも以上に素敵に映る。

「これ……京ちゃんが？」

「そう。殺風景な部屋だったしね」

埃《ほこり》ひとつない状態に、京ちゃんの〝ピスカーラ〟への想いが感じられる。

「マイ」

突然、艶のある声で呼ばれ、ドキッとした。彼を振り返ると、至極真剣な眼差しで私を見ている。

「今日だけ……。いや。今だけ、オフィス内で恋人として接することを許して」

「えっ……」

思いも寄らないセリフに驚く間もなく、私は左手を掬い取られる。

「初めはこのあと予約しているレストランで……と思っていたんだ。でも、やっぱりここで伝えたくて。これからも、俺は麻衣子と一緒に〝ピスカーラ〟を守っていくっていう誓いを込めて」

彼の熱のこもった瞳に吸い込まれる。瞬きも忘れ、ただ彼を見上げていた。

「マイ――俺の気持ち。受け取ってほしい」

そう言って、京ちゃんは私の薬指に指輪を通した。私ははめられた光輝くエタニティリングに感涙《かんるい》する。

「愛しているよ」

喉の奥が熱くなって、言葉が出ない。

どんなに素敵なレストランも夜景も敵わない。この場所を選んでくれたことで、彼の真摯な気持ちと想いの強さがこの上なく伝わってきた。

「……ありがとう。私も愛してる」

私はもらったばかりのエンゲージリングが光る左手を彼の肩に伸ばし、抱きついた。

5. 揺るぎない愛

それから約ひと月後。年が明け、私はなんとかコンテストにエントリーをし終えた。

これで日常に戻れる……と思ったのだけれど。

リフレッシュルームでジュース片手に、ぼーっと結婚情報誌を広げて休憩していたら声をかけられる。

「わあ。七森さん、ついに結婚決まったの？」

「えっ」

びっくりして反射的に雑誌を閉じ、横を見上げた。品質管理部の矢貫《やぬき》さんと資材部の牧《まき》さんだ。

ふたりは私と同期入社で、入社式のときに知り合った。みんな部署がばらばらで滅多に顔を合わせないけれど、見かけたときには手を振り合ったりしてる。

ふたりは私を挟み、さっき伏せた雑誌に手を伸ばした。

「やっぱりお式するんだよね？　私の周りは最近、結婚式挙げないで籍だけ入れて終わる子多いから新鮮～」

「盛大な結婚式なんでしょうね！　取引先の役員やメディア関係者だって来るだろうし、有名人みたいじゃない？　うらやましい！」

彼女たちは頬を染めて盛り上がる。

確かにふたりの想像通り、結婚式の話は上がっていて具体的に動き始めてはいる。

京ちゃんと夫婦になる。それについてはなんの不安もないし、幸せを感じている。

ただ結婚式が……大規模になるとわかっているから、すでに今から緊張しているのだ。

好きな人の隣で一生に一度のドレスを着て、これまでお世話になった両親や友人たちに祝福されて歩く――そういうアットホームで穏やかなものにはなりそうもない。

彼の立場的に、牧さんが言ったように大企業のお偉いさんや〝ピスカーラ〟の歴代モデル、CM製作に携《たずさ》わったメディア関係者から、しょっちゅう商品を掲載《けいさい》してもらっている人気女性誌〝MERMAIDIA《マーメイディア》〟などを出版している煌清社《こうせいしゃ》をはじめ、ほかの出版社各位……。幅広く招待するに違いない。

「式場はどこにするの？　世界でも有名なカメリヤ？　それとも新しめのエルリア？　やっぱりウエディングといえばデリエかなあ？　ドレスも有名ブランドのものを着るんでしょ？　あ～、人の結婚式なのにわくわくする！」

矢貫さんが矢継《やつ》ぎ早《ばや》に質問をしてきて、たじろぐ。

「いえ……まだ全然決めてなくて」

「そうなの？　メイクはもちろん〝ピスカーラ〟でしょう？　メイクアップアーティストは誰を指名するのかな。うちにとってもこの上ないPRになるじゃない。常務ならそのあたりも抜かりなく手配するんじゃないかしら？」

「PR……」

そこまで考えなかった。私は京ちゃんのおまけ的な感覚でいたけれど、そんなんじゃだめって話じゃない!?

「本当に七森さん現代のシンデレラだよね！」

「あ、はは……。わ、もう休憩終わる時間！　私そろそろ行くね」

ちょっと不自然ではあったけれど、私は話を切り上げてリフレッシュルームをあとにした。

仕事の資料で隠した結婚情報誌を持つ手に力が入る。なるべく誰にも会いたくなくて、人が少ない通路を選んでデザイン部に向かった。

テレビCMや雑誌だけ見れば、結婚式って夢が溢れててとても楽しそう。けれども私の場合はちょっと特殊だし、雑誌の表紙の女の子みたいに純粋に笑えない。いっぱいいっぱいで心が張り詰めてる。

ちゃんと覚悟はした。だけど精神力は追いつかない。単純なようで複雑な胸の内を、京ちゃんには伝えられないでいる。まかり間違ったら、結婚するのを躊躇っていると捉えられるかもって思ったら慎重になってしまって。

結婚式の準備に追われているうち、私の心も安定して吹っ切れるかもしれないし、今決断しなくてもいいかな……。

「七森さん」

人通りがなくなった廊下で、ふいに名前を呼ばれて振り向いた。こちらをジッと見ていたのは中崎さんだ。

「久しぶりだね！　元気？　……じゃなさそうだね。どうしたの？　まさか常務とまた……？」

「ち、違いますよ！　常務とはその後、問題なく……」

咄嗟に返したけれど、プライベートを口にするって恥ずかしい。私は咳払《せきばら》いをして気持ちを改め、言い直す。

「ちょっと仕事が立て込んでいて、残業が続いているせいかもしれません」

中崎さんは「ふうん」とつぶやくものの、なにか引っかかっている様子。考えてみたら、中崎さんには京ちゃんと付き合ったばかりの頃からゴタゴタを見られている。

どうして中崎さんって、毎回そういうタイミングで現れるんだろう。

中崎さんだってわざと見計らって遭遇しているわけじゃないのに、私はついじとっとした視線を向けてしまう。すると、急に手首を掴まれ、引き寄せられた。

「なっ、中崎さ……」

「七森さんって素直なのがいいところだけど、そのぶん嘘が下手だよね」

彼の腕の中に引き込まれるや否や、耳元でささやかれる。びっくりして上体を逸らすも、手が捕まっていて離れられない。

どうして……！　確かに中崎さんからは以前、好意を伝えられたけれど、あのときにきちんと断って終わったと思っていたのに。

「常務との将来を考えたとき、幸せより不安が大きくなるくらいなら、やめたらいいんじゃない？　ひとりで勇気が出ないなら俺が常務にひとこと言ってあげようか」

今日まで普通に先輩と後輩として接してくれていた彼の変貌《へんぼう》ぶりに狼狽《ろうばい》した。

ここで無駄《むだ》に弱音《よわね》を吐いちゃだめ。気持ちが揺れているのを悟られちゃだめ。

私は冷静さを取り戻し、気丈に振る舞った。

「いいえ。常務にはなにも言わないでください」

「それは、彼に心配させたくないから？」

「……そうです。でも」

私が言葉を続けるのより僅かに先に、中崎さんが私を軽く抱きしめた。

「俺は七森さんの味方だから、向こうがどう思うかは関係ないんだよね。結果的にきみが幸せになれるほうを選ぶだけ」

さすがにここまで距離を詰められるのは想像してなくて動揺した。言おうとしていた言葉が引っ込む。

「俺、七森さんへの好意がまったくなくなったわけじゃないし。常務については仕事上尊敬してはいても、それはそれだし」

「俺も同感」

中崎さんに即答で返した声に目を見開く。ゆっくりと振り返ると、通路の影にひっそりと立っていたのは京ちゃんだった。

京ちゃんは驚倒《きょうとう》している私の腕を掴み、自分のもとへと引き寄せる。

「俺は営業部員としてのきみに一目置いているけれど、ひとりの男としては別。心配しなくても、彼女を一番わかっているのは俺だよ」

「本当、センサーでもついてるんですか？　忙しいのによく彼女のそばに現れますよねえ」

中崎さんのしたり顔から察するに、おそらく京ちゃんが近くにいるって気づいて、あえて過剰《かじょう》な行動を取ったんだろう。

「じゃあ七森さん。俺は上司の期待を裏切らないよう、仕事に邁進《まいしん》しなきゃならないからこれで」

中崎さんはわざとらしくそう言って、私たちのもとを去っていった。中崎さんが見えなくなっても、京ちゃんは後ろから私の両腕を掴んだまま離さない。

「あの、京ちゃ……」

密着しているから振り向くのも難しい。困って口を開くと同時に、きゅっと抱きしめられる。

「心外だな。俺以上に麻衣子を好きな男なんていない。幸せにするのは絶対に俺だ」

京ちゃんは少し怒ったような低い声で零す。

独占欲や嫉妬をうれしいと感じるほど、私も京ちゃんが好き。今すぐ身体を向き合わせて抱きつきたいところ。だけど――。

「京ちゃん、ここオフィス……」

今は誰も周りにいないし、休憩時間ももう終わる頃でほとんど部署に戻っているんだろう。が、いつ人が来るかわからない。

「わかってる。けど、あんなふうにけしかけられて黙ってられるほど、俺はデキた男じゃない。……マイが絡むとね」

彼の息遣いがダイレクトに耳孔に触れる。嫉妬交じりの艶っぽい声を直にささやかれ、胸の奥がきゅうと音を立てる。首を竦めて瞼を伏せたとき、京ちゃんの手がパッと離れた。

「とはいえ、さすがにこれ以上はだめだな。この間、『今日だけ』って言ったのは俺だし」

京ちゃんは去年のイブの話題を自分で掘り返して苦笑した。

「そ、そうだよ……。誰かに見られでもしたら」

「違う。それよりも、俺の理性が飛んじゃうって話」

ようやく目を合わせたかと思えば真剣な面持ちで言われ、赤面するのを隠せない。口をパクパクと動かしていると、京ちゃんは「ふっ」と優しく微笑んで、頭にポンと手を置いた。

「今夜は一緒に帰ろう。またあとで連絡する」

そうして京ちゃんは柔らかく瞳を細め、戻っていった。

《こっちは七時以降なら大丈夫。あとは麻衣子に合わせるよ》

定時を回ったときに、約束通り京ちゃんからメッセージがきた。私は一度化粧室に立って《七時に上がります》と返信した。

なんだかさっきの休憩時間のドキドキと、久々の仕事後のデートを意識して敬語で返してしまった。

それから七時まで残業をして、オフィスを出たのが七時十五分頃。《外に出たよ》とメッセージを送ったら、数秒後に既読《きどく》がついてスマートフォンが鳴る。

「もしもし」

『お疲れ様。オフィスの裏口に車を停めてるよ』

「あ、じゃあ今から向かうね」

通話を切って、小走りでオフィスの裏へ回る。念のため、誰も見ていないか周りを確認して車に乗り込んだら、京ちゃんに尋ねられる。

「どうかした?」

「いや……こんなに堂々といいのかなって」

なんだかんだ、付き合い始めてからこうやってオフィスの近くで合流したことってなかったから。

「だってもう仕事は終わりだし、俺たちの関係は周知されてるんだから気にする必要ないだろう」

「そ、そっか」

みんなに知られていれば、こそこそしなくてもいいんだ。冷静になればわかりそうなものだけど、まだ慣れない。

「なんかこうして仕事後に一緒に外食するの、久しぶりだね」

そもそも、一緒に暮らすようになってからは家に帰れば夜には会えるから、外で待ち合わせする機会も減った。それに、京ちゃんは出張によく行くから外食が多いかと思って、できるときはなるべく家で食事をするように心がけているから。

「そうだな。なに食べたい？　麻衣子の好きなところへ行こう」

莞爾《かんじ》として笑う京ちゃんにドキドキしちゃって直視できない。

「ええと……なんだろう。急に聞かれると出てこないな」

「じゃあ、ある程度いろいろ種類がある店にする？　居酒屋とか」

「えっ。京ちゃん、居酒屋とか行くの？」

思わず目を瞬かせ、驚く。京ちゃんは大抵ホテルのレストランとか懐石料理《かいせきりょうり》店とか、かしこまった場所しか行かないイメージ。

「行ったりするよ。そんなに意外？」

「う、うん……。想像できなくて」

わいわいと賑《にぎ》わう人たちでひしめき合う店内で、ビールジョッキを持っている京ちゃん……。やっぱり思い浮かばない。

「まあ確かに就職して役職についてからはなおさら、堅苦しい店にばかり行っていたかもね」

私は黙って何度もうなずいた。京ちゃんは笑ってハンドルに手をかける。

「じゃ、俺が学生時代よく行っていた店に行ってみる？」

「いっ、行きたい！」

ふたつ返事で迷わず即答した。

だって、また私の知らない彼に触れられる。興味あるに決まってる。

私がわくわくして言うと、京ちゃんはさわやかに「ＯＫ」とアクセルを踏んだ。

いったいどういう店なんだろう。車の中でそう考えて、やっぱりおしゃれ居酒屋かな……と思っていた。が、実際には予想に反した素朴《そぼく》な店。

近くのパーキングに止めて向かった店は、入り組んだ路地に何軒か立ち並ぶ中の一軒で、下町風の暖簾《のれん》をくぐって店内に入れば、そこは十五坪くらいのこぢんまりとしていて落ち着く空間だった。

「どう？」

「なんていうか……レトロ？　初めてきたのに懐かしい感じ……」

私自身、こういう知る人ぞ知る的な店に来たのって初めて。すごく新鮮だ。新鮮と言えば……中年の男性が多い中に京ちゃんが混じっているのもそうだ。

無意識に京ちゃんに視線を送っていたら、上着を脱いで席に着いた彼がくすっと苦笑する。

「そんなに変？　俺が居酒屋にいるのって」

「や！　だって……どうしても今の京ちゃんから想像できなかったから」

京ちゃんが私の前から忽然《こつぜん》と姿を消したのは、私が高校生のとき。そして再会した彼は、仕立てのいいスーツを身にまとって、気品も余裕もなにもかも完璧な大人の男性になっていた。だから、京ちゃんが友達と飲んで騒ぐような光景が浮かばない。

私が向かい側に座ってきょろきょろとしていると、彼はテーブルに頬杖《ほおづえ》をついて瞼を伏せ、メニューを開いた。

「こういうアットホームな店のほうが、リラックスして食事できるだろう。レストランが悪いってわけじゃないけど、やっぱり気を張るから」

「京ちゃんでも気を張るの？」

「そりゃあね」

テーブルマナーも完璧だし、自然とこなせるからてっきり苦じゃないと思ってた。

「俺はジンジャーエールにする。麻衣子は？　なにかカクテル頼んだら？　メニューの種類は多くはないけれど、頼めばアレンジメニューも作ってくれるよ」

「んー……」

車で来ちゃったから、京ちゃんはお酒は飲めないっていうのに、私だけって……いいのかなあ。

京ちゃんは迷っている私に、アルコールのページを開いたメニューを差し出した。

「俺が一緒だし、飲みすぎなければ好きなのを頼んだらいいよ。甘めのお酒ならこの辺りじゃない？」

「じゃあ、これにする」

私がお酒を選んだら、彼は満足そうに口角を上げた。

それから、私たちはゆったりとした時間を楽しんだ。私はお酒が入ったのもあって、マンションに着く頃にはふわふわと心地のいい気分だった。

ちょっと飲み過ぎたかも。頭の奥がぼんやりしてる。

「麻衣子、先にシャワー使っていいよ。大丈夫？」

「うん。大丈夫。ありがとう」

シャワーを浴びて、少し意識がすっきりした。私と交代で京ちゃんがバスルームに入る。

リビングのソファでぼんやりしていたら、ふと無造作に置いていた自分のバッグに目が留まった。おもむろに手繰《たぐ》り寄《よ》せ、中から雑誌を取り出す。結婚情報誌だ。

私がそれをパラパラと眺めて数十分後。タオルで髪を拭《ふ》きながら戻ってきた京ちゃんが覗き込んでくる。

「なに見てるの？」

「あっ……結婚情報誌をちょっと。いろんな内容が書かれてて、わからないことがいっぱい」

私が咄嗟にパッと雑誌を閉じて答えると、京ちゃんは隣に座ってさりげなく雑誌を手にしてパラッと開く。

「ふうん。あ、こういう形のドレス、麻衣子に似合いそう」

「そっ、そう……？」

「麻衣子はどういうのが好きなの？　カラードレスだったら何色？　髪型は？」

「え、えーと、こういうのとか？」

私はたどたどしく好みのドレスやヘアアレンジを雑誌の写真で伝えた。

京ちゃんがさらにページを捲っていくと、結婚式に向けての準備リストや入籍に伴う手続きなどが詳しく書いてある部分に到達《とうたつ》する。私はすでに読んだ記事。ただでさえ規模が違う式で考える事柄が多いのに、こういう記事は不安を煽られる。

私が雑誌から目を逸らしても、京ちゃんは真剣に雑誌に目を落としていた。

「ほんとだ。麻衣子の言う通り情報が詰まりすぎてて、どこから見ていけばいいのか迷うな」

「結婚式の準備って大変なんだね」

私は明るく振る舞って返した。あまり深刻そうに口にすれば、まるで気乗りしないように思われてしまいそうだ。

悩みはある。けれども、それ以上に京ちゃんと結婚したいって気持ちは大きい。これくらいのプレッシャーは全然平気だって自分に言い聞かせなきゃ。

「きょ、京ちゃんのほうが大変だよね。忙しいからスケジュールの調整も簡単じゃないだろうし……」

言いながら頭を過る。立派な肩書きを持った多くの招待客だって、同じようにスケジュールを空けて参列するんだ。失敗は許されない。

「京ちゃんの大切なゲストがたくさんいる前で、私ちゃんとできるかな……」

思わず胸の内にとどめておけなかった不安が零れ落ちる。直後、はっとして京ちゃんを見た。

勘のいい京ちゃんのことだ。私が結婚式に対して浮かない気持ちを抱いているって気づかれたかも……。

唇をきゅっと引き結びハラハラしていたら、そっと頬に手を添えられた。

「大丈夫だよ。だって本番では常に俺が隣にいる。お色直しだって席を外すのは麻衣子だろうし」

彼の柔和な瞳に吸い込まれる。穏やかな空気、落ち着く体温、心に響く声。私が抱えていた心配事全部、京ちゃんのすべてで解消されていく。

優しい眼差しが、いつしか情熱的な色へと変化していくのを目の当《まあ》たりにした。力強い双眸に捕らわれ、胸が逸《はや》る。

「結婚式だけじゃないよ。その先も、俺はずっと麻衣子のそばにいる。ひとりで抱え込まないで」

もしかして、京ちゃんは私の胸の内にある不安に前から気づいてた……？

肌を滑り落ちていく手に意識がいったのは最初だけ。

一瞬で、重ねられた唇の感触に溺《おぼ》れていく。京ちゃんのキスに押されて、私はソファに倒れた。求められていると実感する煽情《せんじょう》的なキスに身体の奥が熱くなる。

彼がゆっくり離れていくのを感じ、うっすらと瞼を押し上げた。

「麻衣子について、俺が一番わかってるって言っただろ」

私を見下ろす京ちゃんは、至極真剣な顔で続ける。

「誰だって初めは心配になるし、うまくいかなかったりする。俺も常務になってすぐ今のように仕事をこなせたわけではないよ」

励《はげ》ましの言葉を聞き、京ちゃんは本当に私の心境を察していたのだと知る。同時にそれだけいつも私を見ているのだとうれしくなる。

「完璧なんて求めてない。大体、俺は麻衣子に社長夫人になるのを望んでいるんじゃない。ただ俺のそばにいてくれればいい。俺を愛してくれていれば、それだけで」

彼が湿った私の髪をひと束掬う。するすると手を動かし、最後には毛先へ愛しそうにキスをした。

「それだけでいいなら……簡単だよ」

私は涙ぐみながらも、笑顔を浮かべた。だって私にはずっとずっと前から、当たり前にある感情だ。そして、唯一自信を持てるもの。

「もう十年以上、私の心は京ちゃんのものだもの」

そう言って、私は彼の首に両手を回した。自然と唇が合わさって、夢中でお互いの息遣いや熱を貪《むさぼ》った。

「この先もずっと俺のものだ」

蜜を含んだ低音を、耳に直接ささやかれる。私は京ちゃんの背中にしがみついて、甘い声を漏らし続けた。


ベッドルームで京ちゃんに寄り添っていたら、さらっと髪を撫でられる。

「式は必ずしなきゃならないから、そこは協力してほしい。だけど、義務で執《と》り行う式にだけはならないようにしない？」

私は目をぱちくりとさせ、彼の腕の中から上体を起こした。

「自由さは制限されても、その中で最大限俺たちがやりたい式にしよう。招待客の人数に合った会場さえあれば、式場も麻衣子の好きな式場でいいし。ドレスも料理も自分たちの好みだけ考えたり」

自分たちのやりたい結婚式。根本的な話なのに、そういう観念はすっかり抜け落ちていた。私が思い悩んでいるのに気づいて、そういう提案をくれる未来の旦那様に心から感謝する。

「料理まで？　よく新郎新婦は全然食べられないって聞くのに」

私がくすっと笑って答えたら、京ちゃんもまた目を細めて返してきた。

「いいじゃん。一生に一度だし。じゃあ、目標は料理をひと口ずつでも食べるっていうのはどう？」

「だったら、京ちゃんのほうが有利な気がするよ。ドレスにしても和装にしても、女の人は着付けに時間がかかるし」

主役が料理に夢中だなんて、そんな式ないよね。想像しただけで可笑しい。

「やっと自然な麻衣子の笑顔だ」

手の甲で頬を撫でられて言われた言葉に、きょとんとする。

「ここ最近、無理して『いつも通りに振る舞わなきゃ』って笑ってた感じだったから」

ああ、もう。この人には一生敵わないな。

「心配させてごめんなさい。もう大丈夫」

私も彼と同じようにどんなときも目をそらさずに、包み込んであげられる人間になりたい。

私はそっと抱きつき、心の中で固く決意する。

京ちゃんは私の後頭部をやさしく触って、微笑んだ。

「週末は気分転換に遠出しようか。俺もリフレッシュしたいしさ。予定空いてる？」

これも、絶対自分のためじゃなくて私を思っての提案。そうとわかると、『好き』の感情があふれて止まらない。

私は京ちゃんの胸に顔を埋め、ぐりぐりと左右に頭を動かした。

「マイ？　くすぐったいよ」

「うれしい。ありがとう。私、すごく幸せ」

そして、ふいうちで彼にキスを贈る。

「たぶん私、もういろんな悩みも『今しかできない経験』って前向きに楽しめそう」

恋人との仲も結婚も仕事もコンテストも、うまくいかなくったって、それが糧《かて》になる。絆《きずな》になるから――。

それから、あっという間に週末になった。

京ちゃんと約束していた休日だ。前日まで行き先など一切教えてくれなくて、わかっていたのは出発する時間だけ。朝五時半とかなり早起きして準備をし、車に乗ったまではいいけれど到着した場所に度肝《どぎも》を抜かれた。

「きょ、京ちゃん？　ここって……空港だよね？」

道中、薄々空港へ向かっているって感じていた。でも、『まさか』と思ってなにも言えずにいたら、本当に空港まで来てしまった。

「そう。あ、時間ギリギリだ。急ごう」

「えっ、ちょっ……」

京ちゃんはさらりと答え、私の手を引く。私は頭が追いつかなくて、子どもみたいに彼の袖を掴んできょろきょろとするだけ。

だって、空港は空港でも成田《なりた》国際空港。近いはずの羽田《はねだ》を利用しなかった理由を想像するも、にわかに信じがたくて言葉にできない。

彼は混乱する私の前に、なにかをすっと差し出す。

「これ、麻衣子のぶんのエアチケット」

私はおもむろにチケットを受け取り、文字を目で追った。

Tokyo-Narita to Guam……。

「グアム!?」

英字を頭の中で訳すなり思わず声を上げ、京ちゃんを凝視した。

だから成田なの？　確かここからなら直行便があるから……。

「前に麻衣子、ちゃんと俺が言ったあとにパスポート作ってたの知ってたから。初めての海外旅行が仕事だっていうのも悪くないが、そこはやっぱり俺が〝初めて〟をもらいたかったしね」

「う、嘘……」

いまだに信じられない状況に、茫然と立ち尽くす。京ちゃんは動けない私の手を握り、颯爽と歩みを進めていく。

今回のデートの詳細は秘密って言われて、私なりにいろいろと予想はしてみたものの、さすがにこんな展開は考えもしなかった。あまりに非現実的なサプライズに絶句する。

「急な思いつきだったから一泊二日の弾丸だけど」

驚倒している私を見て、京ちゃんは楽しげに白い歯を覗かせた。出発ロビーに着く頃には冷静になってきて、ぽつりと漏らす。

「わ、私、なにも準備してない……」

てっきり日帰りできる距離のどこかだと思っていたから、泊まる準備はまったくないし、コスメだって直し程度に使えるものしか持ってきてない。周りを見ても、当然大きなスーツケースを持つ人ばかり。私のように、ほぼ手ぶらに近い人はいない。

「平気だよ。向こうで揃えればいい。ま、たった一泊だし」

「そんな……」

「それに荷物が少ないほうが身軽に動けるよ」

京ちゃんは終始《しゅうし》けろっとしていた。

そうこうしているうちに、搭乗《とうじょう》手続きが終わり、セキュリティチェックも済んでしまった。ここまで来たら、楽しんだもん勝ちだよね。

ようやく頭の整理がつき、京ちゃんの手を握り直す。

「もう。京ちゃんてば、毎回驚かせてばかり……。あーあ。グアムだったら、もっとバカンス向きの服にすればよかった。向こうは年中暑いんでしょう？」

こんな大きなサプライズを仕かけられたんだもの。ちょっとくらい、意地悪を言ってもいいでしょう？

私がわざと口を尖らせたら、逆にじとっとした視線を向けられる。

「まあね。ただ……あんまり露出《ろしゅつ》すると陽ざしで火傷《やけど》するかもしれないからだめ。せっかく白くてきれいな肌だから」

「なっ……」

「なにより、ほかの男に見せたくない」

続けざまに赤面させられるような言葉を返され、私は口をぱくぱくと動かす。どぎまぎしている隙に腰に手を添えられた。

なんかひとつひとつの言葉やスキンシップが、いつもよりレベルアップしている気が……。今からこうだったら、日本を出たらどうなっちゃうの!?

心臓がバクバクしている私の横で、京ちゃんは落ち着いた雰囲気でにっこり笑顔を浮かべる。

その後、緊張する私を乗せた飛行機は無事に定刻通りに離陸し、グアムへと飛び立った。


グアムに到着したのは、現地時間の午後二時過ぎ。早起きをした私たちは、機内でぐっすりと眠って、気づけばグアムに着いていた。

入国審査も無事に終え、異国の地に立ってつぶやく。

「たった数時間で外国に着くなんて。不思議《ふしぎ》な感じ……」

「今回は時間がなくて、とにかく近い場所を選んだからね」

話には聞いていたけれど、本当に約三時間で海外に来れちゃうんだ。

外に出た瞬間、温かく乾いた空気に包まれる。さらに、辺りを多くの外国人が歩いている光景を目の当たりにして、ここは日本ではないのだと実感した。

「うわあ。一月なのにこっちは本当に夏だね。暑い！」

大きな荷物のない私たちは、軽快に歩き出す。どこへ行くのかわからぬまま、京ちゃんについていってシャトルバスに乗った。

南国リゾートって言ったら海を思い浮かべるし、海へ移動するのかな。そういえば前にも私が運動したいって言ってプールに連れて行ってくれたし……。水着ってやっぱり恥ずかしいんだよなあ。

ひとりで想像して頬を熱くしていたら、通路側に座っていた京ちゃんが席を立った。

「降りよう」

バスに乗って十五分程度。もう目的地に着いたのか、と慌てて京ちゃんの手を取ってバスを降りた。きょろきょろと周りを見ても、海は見当たらない。代わりに大きなモールが目の前にあった。

「まず必要なものを買おう」

歩みを進めた先にたくさんの店が立ち並んでいるのを見て、自然と感嘆の声を漏らしていた。同じようなショッピングモールへは日本でも行ったことがあるのに、雰囲気が違って感じる。まるで子どものように京ちゃんと手を繋ぎながら、あっちこっちと目まぐるしく視線を動かす。

「アヴェク・トワ……あっちはカンパネラ。あ、チェルヴィーノも」

最初に挙《あ》げたふたつは、日本でも有名な海外アパレルブランド。チェルヴィーノも海外のブランドで、ステーショナリーが主に人気の高級ブランドだ。どれも名立たるブランドばかり。つまり、そういったハイブランドのショップが多く集まっているに違いない。そんな中で、服諸々《もろもろ》一式揃えるっていうの？

急に思考が現実的になり、足取りが遅くなる。

「あのショップの服、麻衣子に似合いそう」

「だ、だけど……高そうだよ？」

「いいの。今日は特別な日だろう？」

『特別な日』って私の初海外旅行を指して言っているんだろうけれど、たったそれだけで贅沢していい理由になるのか疑問だ。しかし、京ちゃんは私を半ば強引に連れ、目の前のショップに入った。

豊富な品ぞろえのお店で、あれよあれよという間にショップスタッフが服を選び、帽子《ぼうし》やサンダル、果ては気を利かせてこっそり下着まで用意してくれた。

私は購入した服を着て店を出る。

「うん、似合《にあ》う。リゾートっぽいね」

大きめのエスニック柄が入ったホルターネックのマキシ丈ワンピース。それにつばの広い麦わら帽子にウェッジヒールのサンダル。

「な、なんか普段こういうの着ないから恥ずかしい……」

ふわっとしたラインの服は可愛くて好き。でもいつもは通勤スタイルがほとんどで、休日にも着回しできるような、どちらかといえばシンプルで大人っぽいものを選んでいた。

「すごく似合ってるよ」

京ちゃんはお世辞を言ったりしないから余計に照れる。私は再び京ちゃんと手を重ね、やや俯いて歩き出す。

「あ、麻衣子。ここもせっかくだし、ちょっと入ってみよう」

京ちゃんの声で顔を上げたら、ジュエリーショップが視界に入る。

「見るだけでも楽しいだろう？」

京ちゃんはそう言って軽いノリで入店し、ショーケースに並ぶジュエリーを順に眺めていく。私も彼の隣についていった。

「わあ。これ可愛い」

目に留まったのはツルと葉っぱ、そして中心にひとつのハイビスカスを刻印した指輪。ガラス越しに食い入るように見ていたら、スタッフがやってきて話しかけてきた。が、私には聞き取れない。困っていたら、京ちゃんが流暢《りゅうちょう》に会話し始める。

英語……あんまり得意じゃなかったから、早い口調だとまったくわからない。今後、必要になるだろうから、これを機《き》に私も勉強しなきゃ。

決意を新たにしたところで、さっそくなにか変わるわけではない。結局私にはふたりの会話が全然理解できず、黙ってジュエリーを瞳に映していた。

「Here you are（どうぞ）」

「えっ」

「試着してみていいってさ。こういうデザインのものをハワイアンジュエリーっていうみたい」

戸惑ったのも一瞬で、すぐに京ちゃんが説明してくれた。私はおずおずと中指に指輪を通す。女性スタッフは引き続きなにか言っていた。

「とてもお似合いです、ってさ」

京ちゃんの通訳を聞いてなんだか恥ずかしくなり、指輪を外した。

元々、洋服ですら試着してスタッフの人に褒められるのが気恥ずかしくて苦手。今は隣に京ちゃんもいるからなおさらだ。

「イメージと違った？」

「ううん。そうじゃないの。こういうの慣れなくて……」

「そっか。じゃあ、一旦《いったん》席を外してもらおう。ずっとついて見られると緊張するんだろう？」

そう言って、彼はスタッフに話を通し、女性は一度離れていった。

「ご、ごめんね。もうお店出てもいいよ」

「なんで？　本当はまだ見たいんじゃないの？」

京ちゃんはいつも私のペースに合わせてくれる。なにげない日常も仕事も、恋愛も。

「ありがとう……」

「どういたしまして」

京ちゃんが私に歩幅を合わせて歩んでくれるから、私は安心して身をゆだねていられる。いつか、私も彼と同じく支えてあげられるようになりたい。

私、ちゃんと頑張るから。それまでは、もう少し寄りかからせて。

肩が触れ合う距離で、ひっそりと心に誓い、ショーケースに意識を戻す。

「アミュレの限定リップも刻印デザインだったよね。やっぱりコスメとジュエリーって似ている部分がある気がする」

繊細なデザインと技術は、その素晴らしさが国境を越えて伝わる。ハワイアンジュエリーに心を惹かれるのと同様に〝ピスカーラ〟もこれから多くの人の目に留まるブランドになっていくといいな。

「あっ。ごめん。休みなのに仕事の話して」

「いや。気にしなくていいよ。俺は麻衣子が仕事を楽しそうにしているのを見るのも好きだから」

こういうところ……京ちゃんは本当に余裕があって、懐《ふところ》が深いなあって思う。そのたび、私は幸せなのだと実感する。

「あ、これ内側に刻印されてるんだ。外側がシンプルだと普段使いにもいいね」

銀色のリングの内側には、さっき試着した指輪と似たデザインが刻印されている。よくみたら、ハイビスカスの部分はピンク色の石で象られていた。

もしかしてこれ全部、ピンクダイヤモンド？

「つけてみたら？」

「う、うーん」

なんとなく高価な予感がして、プライスキューブを確認した。

九千八百ドル……!?　これって、相当高額だよね!?

「い、いい！　ちょっと可愛いデザインだなって思っただけ」

「Excuse me」

私の声と同じタイミングで、京ちゃんは軽く手を上げスタッフを呼んでしまった。

高額な商品に動揺している間に、指輪をトレーに乗せて渡される。一度指に通さなきゃならない流れに、私は覚悟を決め、恐る恐る指輪を摘まみ上げた。

さっきの指輪と違って華奢な造り。中指に入れるデザインではない。そうかといって、じゃあどの指にはめたら……。京ちゃんの前で、左手の薬指に入れるのもあざとく思われるかもしれないし、やっぱりここは右手の薬指に……。

ぐるぐると思考を巡らせていたら、手からすっと指輪を抜き取られる。びっくりして顔を上げた瞬間、京ちゃんが睫毛を伏せて私の左手を掬った。そして、薬指に指輪を通される。

「ぴったりだね」

「あ……え、その……うん」

しどろもどろになるばかりで、うまく言葉が出て来ない。

私ひとりが赤面している間に、京ちゃんはスタッフになにやら話しかけられている。

私はこっそりと自分の左手を見た。

薬指に指輪があるだけで、どうしてこんなにドキドキするんだろう。たぶん、視覚的に彼と繋がっている感じがして、幸せが溢れてくるせいかも。

ふと京ちゃんを見たら、指のサイズを測られていた。

「え？　なに？　どうしたの？」

「それ、マリッジリングなんだって。メンズの指輪もあるからサイズを教えてって言われたんだ。サイズは知らないって答えたら測られた」

マリッジリングと聞いて、ますます落ち着かなくなる。

スタッフはいそいそと別のケースから指輪を出してきた。京ちゃんは迷わず指にはめて私に見せる。

「あ。サイズ合ったみたい。こっちはリングの裏側に同じ種類のダイヤがひと粒埋め込まれてるんだって。どう？　似合う？」

「う、うん。京ちゃん、指もすらっとしてるから」

「そう？　今は慣れないけど、すぐに馴染むんだろうな」

どこか満足げに自分の指を眺める京ちゃんに、スタッフがさらに声をかける。ときどき京ちゃんは頷いて聞き、「I see」と答えたあとに私に顔を向けた。

「麻衣子。この指輪に施された波やマイレという低木の葉、ハイビスカスが結びついたデザインは〝グムリポ〟って言って〝起源〟の意味があるらしい。それと、愛する人を守る力が宿っているんだって」

「起源……そうなんだ」

私の始まりは……京ちゃん。物心ついた頃からそばにいて、恋心を初めて抱いたのも彼。〝ピスカーラ〟のアミュレにこんなに執着《しゅうちゃく》しているのも、昔、私に贈ってくれたプレゼント――アミュレのリップの存在が大きい。

私の人生のどこをとっても彼がいる。

「これ、気に入った？」

指輪に意識を吸い込まれていた私は、はっと顔を上げる。

「素敵だなって思うけど高価すぎて、普段つけるのがもったいないよ。そろそろ行こう。ゆっくり見れた。ありがとう」

本当はすごく気に入った指輪だったけれど、これ以上望んだら贅沢しすぎで罰《ばち》が当たりそう。

私が指輪を外しトレーに戻すと、京ちゃんはすでに指輪を戻していてスタッフになにか伝えていた。大方、試着のお礼を言っているのかな、と考えて、会話についていけない私は店内のショーケースをさらりと眺める。

「麻衣子。今、キャンペーンでどんなデザインのアクセサリーが似合うか診断してくれるんだって。やってみたら？　普段、出勤するときの参考にもなるんじゃない？　それに今後のデザインにも活かされるかもしれないよ」

京ちゃんの向かい側に立つ女性スタッフも、ニコニコと私のほうを見る。

「そうなの？」

「十分程度で終わるって」

普段ネックレスとかピアスをつけているけれど、大体同じようなデザインや色に偏《かたよ》りがち。ジュエリーショップのスタッフにアドバイスもらえるのって魅力的かも。

「いいの？　でも、言葉通じるかどうか……」

「大丈夫だよ。中には日本語を話せるスタッフもいるみたいだし。俺はちょっとその間、仕事の電話を一本してくるよ。ごめん」

「ううん。じゃあ、お願いしようかな」

ひとりで接客されるのは不安だ。けれど、京ちゃんから『仕事』って単語を聞いたから、時間を作ってあげるのがいいと思った。

そういえばこっちに着いてからも、何度かメールや電話のやりとりをしていた。仕事が忙しい中、グアムまで連れて来てくれたんだ。それだけで本当に、もう十分だ。

店内の奥の大きな衝立《ついたて》に遮られた半個室で、アクセサリー診断をしてもらう。私は小ぶりのアクセサリーばかり選んでいたけれど、大ぶりのものが似合うって言われた。

ちょうど十分経ったときに診断は終わり、私はお礼を言って席を立つ。

ショーケースが並ぶ店内に戻ったら、京ちゃんがショッピング中らしき外国人の女性ふたり組に声をかけられていた。

「あ、麻衣子。終わった？」

スタイルもよくて大人の魅力を持つ女性ふたりを軽くあしらい、私のもとにやってくる。女性は残念そうな表情を浮かべているし、あれは絶対逆ナンというやつだ。

「京ちゃんってば、海外でもモテるんだね」

「やきもち？　可愛いな」

「ううん。妬いてなんかないよ」

私はくすっと笑って小さく舌を出す。偶然会った女性に妬くほど、余裕がない自分はもういない。だって、これまで何度も京ちゃんは私に自信をくれたから。

「それは残念だなあ。あ、どうだった？　ほしいものはなかった？」

「いろいろ教えてもらったよ。あとは似たようなデザインのを日本で探すから大丈夫。ありがとう」

そうして、私たちはジュエリーショップを出た。モール内を歩いて角を曲がったときに、一瞬で目を奪われる。

毎日のように見ているロゴ。見間違いじゃない。〝ピスカーラ〟だ。

「正真正銘《しょうしんしょうめい》〝ピスカーラ〟。グアム店だよ」

ここで〝ピスカーラ〟と出会えるなんて思わなかった。普段飽《あ》きるほど見ているはずなのに、いつものロゴが特別に見える。いや、やっぱりいつだって私の中では特別なんだと再確認した。

「すごい！　海外にもあるって知っていたけど、ここだったんだ！　行ってもいい？」

「もちろん」

〝ピスカーラ〟グアム店は、意外にも日本の店舗よりシック。日本では色とりどりのラインナップやパッケージを並べているけれど、ここはどちらかというとオーソドックスなカラーをメインに構成している。

「同じ商品のはずなのに、お店の雰囲気で違って見える」

「海外では基本的にターゲット層を高めにしてるんだ。置いている商品もシンプルでよく使う色を中心に展開してる。ここでは日本じゃなく世界が相手だからね。正統派のものが一番選ばれる」

「なるほど」

私は吸い寄せられるように商品棚に近づき、アミュレのリップを手に取った。

私、この世界中の人たちにも愛されるデザインを生み出した深見さん《上司》のもとで働いてる。こんなに素敵なコスメブランドの一社員なんだ。

自然と頬が緩む。リップを元の位置にもどしたとき、ふと端の商品に目がいった。

「これ、見たことない気がする」

見た目はアミュレに似てるけど、パッケージがハイビスカスデザインで初めて見る柄だ。すると、京ちゃんが横からぬっと顔を出してきた。

「さすがだな。これはグアム店限定商品」

「やっぱり！」

「どこへ行っても限定品は人気があるからね」

商品は大人世代も使えそうなピンクが入った明るめの色。日焼け止めの効果もほかのものと比べて高い。

「アクアスイートピンク……可愛いカラー名だね。私これ買う」

「言うと思った。貸して。買ってきてあげる」

「あっ、それは私が……自分で買うから」と止めかけて、ふと私の財布にはドルがないと気づく。

「ごめんなさい。立て替えてもらえる……？　日本に戻ったらきちんと返すから」

「なんで。別にいいよ」

「ううん。これは自分で買いたいの」

うまく言えないけれど、自分で手に入れたいって感じるものだったから。いつか、私もこんなふうに『ほしい』って思われるような商品を作れるように。

「わかったよ」

「ありがとう！」

京ちゃんは苦笑してレジへ行った。彼が会計を済ませたあと、私は限定リップを受け取って大切にバッグの中にしまった。

買い物を終えてホテルに着いたときは五時前だった。今の季節、日本ではちょうど日の入りくらいの時間だ。しかし、ここグアムの空はまだ明るかった。

「ちょっと急がないと。あっという間に日が暮れてしまうから」

京ちゃんがホテルのフロントから戻ってくるなり、ロビーの時計を見てつぶやいた。

夜は治安が悪かったりするのかな？　日が暮れる前に急がないといけない理由は、ほかに浮かばないし……。

私がそんなことを考えている間に京ちゃんがチェックインを済ませ、歩き出す。しかし、向かっている先はどうも客室ではなさそうで、彼の背中に問いかけた。

「どこへ行くの？　そっちは部屋じゃなさそうだけど」

「うん。わかってる。サロンに向かってるんだ」

「え？」

そのとき、京ちゃんは足を止めてドアを開けた。瞬間、陽気な挨拶が飛んでくる。

「Thank you for coming!（お越しいただきありがとうございます！）」

満面の笑みのホテルスタッフ数人に歓迎されるなり、瞬く間に囲まれて、グイグイと奥へ連れていかれそうになった。私は目を白黒させ、京ちゃんに訴える。

「ちょっ、京ちゃん、これどういうこと？」

「大丈夫。心配しないで、彼女たちに任せて」

強引だけど、確かにスタッフは全員明るく笑っている。事情を教えてもらいたくても、京ちゃんすらも笑顔で軽く手を振るだけ。

結局私はなにも聞けぬまま、京ちゃんから引き離されてしまった。


三十分は経っただろうか。ようやく私は解放され、京ちゃんのところへ向かう。胸元がちょっと苦しくても自然と背筋が伸びるのは、ウエディングドレスを着せられたから。

私は裾の白いレースを揺らして、サロンの受付まで戻った。

「……京ちゃん」

真っ白なタキシードの後ろ姿へ、静かに呼びかける。彼はゆっくりとこちらを振り返り、瞳を輝かせた。

「麻衣子。すごく綺麗」

「京ちゃんも……かっこいい」

「ありがとう。麻衣子にそう言われるとうれしいよ」

小さい頃から『かっこいい』って思ってたのを、今、初めて面と向かってちゃんと伝えた気がする。言ったあとからすごく恥ずかしくなってきて、堪らず俯いた。

「行こう」

「う、うん」

京ちゃんの大きな手のひらに右手を乗せる。行き先は相変わらずわからない。でも京ちゃんのことだ。絶対に素敵な場所へ連れていってくれる。

サロンを出てすぐ、外に通じるドアを潜《くぐ》り抜《ぬ》けた。

「え？　外へ出るの？」

京ちゃんはニッと笑うだけで、なにも言わない。ただしっかりと私の手を握ってる。

私は純白のウエディングドレスをなびかせ、前を向いて走る。夕陽が反射する大きなガラスに映る私たちは、物語の中の恋人のよう。

さっき日本語ができるスタッフに聞いたら、身にまとっているドレスはなんでも有名モデルが着たことのあるものらしい。ボリュームが控えめなデザイン。けれどもシフォンのトレーンが南国の風を受けて広がり、まるで羽が生えたみたい。

ホテルの真裏の海に着くと、夕焼けで赤く染まる砂浜に挙式のセッティングがされていた。神父《しんぷ》の立つ祭壇《さいだん》まで、パステルカラーの花束と白いリボンが飾られている。

日本で言うところのバージンロードの始点で、京ちゃんが立ち止まった。

「麻衣子。今からふたりだけの挙式をしよう。なんのしがらみもない、俺と麻衣子だけの結婚式」

そして私の両手を握り、まっすぐ見つめて言う。

「結婚式が麻衣子の気を重くしているって前から気づいてた。形式だけの結婚式が俺たちの始まりだって記憶にはしたくないから」

「まさか……今回の旅行ってこのためだけに……」

私がつぶやくと、ふいに額をこつんとぶつけられた。

「これが俺たちの本当の結婚式。マイ、俺が必ず幸せにするよ」

穏やかな波の音とともに、汐《しお》の香りが私たちを包み込む。そっと瞼を上げていくと、夕陽が彼の端正な顔を照らしていた。

言葉に表せない大きな感情が胸の中であふれ出す。気づけば私の頬は、光の筋を作っていた。私は泣き顔を隠さず、滲む視界に彼を映し出す。

「ああ、太陽が待ってくれてるな。日没まであと数分だ」

優しい笑みをたたえた彼がそう言って、改めて私の右手を取った。一歩遅れて足を踏み出した。しかし砂の上でバランスを崩し、うっかりドレスの裾を踏んでよろめいてしまう。

「きゃっ」

転びそうになったのをなんとか堪えて顔を上げた瞬間、身体《からだ》が宙に浮いた。

「掴まってて」

お姫様抱っこに動揺する暇もなく、神父のもとに着く。直後、私は「あっ」と声を漏らした。

「なに？」

「どうしよう。誓いの言葉って英語？　私、わかんない」

焦って私が耳打ちするも、京ちゃんは私をそっと下ろしてあっさり答えた。

「大丈夫だよ。自然と流れに任せていたら答えられるさ」

流れって……。今日だって、私はショッピング中も会話にまったくついていけなかったのに。

おろおろしているうちに挙式が始まり、神父が語りだすと一気に厳《おごそ》かなムードが漂った。途端に緊張が高まり、無意識に京ちゃんの腕に回す手に力が入る。そして、神父は最後に京ちゃんへなにか問いかけた。おそらく、私も知るあの決まり文句。

〝あなたは健やかなるときも病めるときも、彼女を愛し、敬い、慰め、助け、その命の限り固く操《みさお》を守ることを誓いますか？〟

視線を感じて京ちゃんを見上げる。彼はこの上なく柔らかな微笑みで、はっきりと言った。

「I will（誓います）」

さっきまでドキドキ跳ね回っていた心臓が、きゅっと音を鳴らした。

これまでの京ちゃんとの思い出が走馬灯《そうまとう》のように駆け巡る。

社会人になって再会するまで、こんな日が来るなど考えもしなかった。心のどこかで望んでいたかもしれない。だけど、想いが届くことすら叶わないと思っていたから。もう胸がいっぱい。涙で前が見えなくなる。

次に私も同じ質問をされて、心を落ち着け、すうっと息を吸った。

「……I will」

誰もいない、ふたりだけの式なのに緊張して声が震えそうになった。

ちゃんと誓えたと安堵していると、神父がなにか言って、すっと手を差し出した。目の前にはリングピロー。ふたつの指輪が並んでいる。それを見た瞬間、さらに驚かされる。

それは、今日ジュエリーショップで一緒に見たマリッジリング。裏側に〝起源〟と言われる模様《もよう》を彫《ほ》られた指輪だ。

「実はあのときスタッフに協力してもらって、麻衣子が席を外している隙に……ね。

挙式するには指輪もあったほうがいいだろう？」

グアムに行こうと言われ、突然ウエディングドレスを着せられてメイクもしてもらい、ふたりだけの結婚式をしようってささやかれて、これ以上のサプライズはないと思っていた。まさかまだ驚かされるなんて。

京ちゃんが私の左手を掬い上げた。そして、薬指にゆっくり指輪を通していく。

「マイ。これまでもこれからも、ずっと愛してるよ」

指輪を見つめているうち、再び目尻に溜まっていた雫が落ちる。

「私も」

今日という日をずっと忘れない。

水平線に沈んでいく太陽の前で交わした約束を。美しい景色よりも私を見つめ続けてくれる彼の瞳も。抱き上げてくれた腕も、誓いのキスも――。

海外でふたりきりの挙式を済ませたあと、私たちはバレンタインデーに入籍した。

それから、約一か月後。

戸籍上、『瀬尾麻衣子』にはなったけれど、オフィスでは七森のまま働いている。

そのせいもあって、実はまだ京ちゃんと夫婦になった実感はない。確かめるように、毎日左手のマリッジリングに触れている。

しかし、プライベートでは数か月後に控えている結婚式の準備も進めなければならず、ただ歩いている時間ですら考えることがいっぱいだ。

式の準備やグアムの思い出に浸るのもそこそこに、控えている業務内容を頭の中で整理しながらオフィスに戻る。

今は〝ピスカーラ〟の商品が掲載されている雑誌をコンビニに買いに行っていたところ。

エレベーターホールに着いて、ボタンに手を伸ばした矢先、一瞬目眩《めまい》がした。やってきたエレベーターにどうにか乗り込んで、壁にもたれかかり束《つか》の間《ま》休んで息を吐く。

いろいろと詰め込み過ぎてるせいかな。風邪っぽいしここ最近体調もいまいちだ……。

エレベーターを降りて気を引きしめる。デザイン部に入り、深見さんのもとへ向かった。

「深見さん、頼まれていた雑誌を」

「七森さん、おめでとう」

話しかけるや否や、深見さんがくるっと椅子を回して言った。

「……はい？」

一瞬、なにかミスをしたかと戦々恐々《せんせんきょうきょう》としたけど……。『おめでとう』って言われたよね？　私が入籍したのはひと月前で、深見さんはすでに知っている。じゃあ、いったいなんの話だろう。

困惑する私の表情を見て、深見さんは片眉を下げて笑った。

「コスメアイデアコンテスト。結果が発表されたわよ」

「えっ！」

思わず大きな声が出た。

コスメアイデアコンテストの結果発表がいつ頃なのか、応募要項に記載《きさい》がなくて知らなかった。以前の新ブランドのデザインコンペは審査に結構時間がかかっていたから、こんなに早く発表になると思っていなかった。

改めて、深見さんの『おめでとう』という言葉の意味を考える。次第に心臓がドクドクと脈を打ち、期待と不安が入り混じって手にじわりと汗を握っていた。

「ほら」

そわそわする私に、深見さんがパソコン画面を見せた。私は逸る気持ちで画面上部から順に文字を目で追っていく。……が、《最優秀賞》と大きく書かれていた下部に私の名前はなかった。胸の音が少しずつ不穏なものに変わる。

ひとりなら、確認する勇気が出なかったかもしれない。けれど今は隣に深見さんがいてくれるから、続きを確認できる。

気を取り直し、再び画面を下へスクロールすると、《優秀賞》の文字に到達した。上から二番目『優秀賞』に私の名前を見つけ、堪らずぽつりと零す。

「嘘……」

「優秀賞、よくやったじゃない。実質二位よ。通常の仕事をちゃんとこなして、コンテストに挑戦して結果を出した。マタニティコスメ、ね。新婚のあなたならではのアイデアってとこかしら。まあ、コンセプトもデザインも七森さんらしいわ」

「あ、ありがとうございます」

新婚だから、って言われてちょっと恥ずかしい。正確には、このアイデアが浮かんだときはまだ新婚ではなかったけど……なんていうのは些細な話だと飲み込んだ。

「ここからよ。商品化実現に向けて食らいついて、頑張って」

「え？　だって、商品化は最優秀賞の作品が……」

「ほら。ちゃんと見て」

指さされた画面に視線を合わせる。細めのフォントで注釈《ちゅうしゃく》があり《商品化検討》と記載されていた。何度もその部分を読んで、じわじわと士気が上がる。

自分が考えたものが、世に発表されるかもしれない。

〝ピスカーラ〟に入社が決まってからずっと、自分でデザインを手がけた商品が店頭に並ぶのを夢に見ていた。それが今まさに、叶うかもしれないところへきている。

「実現させてくれたら私も鼻が高いわ」

「はい！　頑張ります……！」

私は武者震《むしゃぶる》いをして、ガバッと頭を下げた。


夜、自宅マンションに帰宅し入浴と食事を終えたあと、ひとりリビングでパソコンと向き合っていた。

京ちゃんは相変わらず忙しそうで、九時を回った今も帰宅していない。

コスメアイデアコンテストの結果は、当然京ちゃんだって知っているはず。むしろ、数日前から先に知っていたとさえ思う。

それなのに、全然コンテストの話は出なかったし、私の入賞を匂わせもしなかった。

うれしいニュースをひと足先に知る立場だったら、黙っているのが大変そうなのに。

京ちゃんはその点、しっかり区別できる人で本当に尊敬する。

カチッとマウスをクリックし、次の記事を開く。私はマタニティコスメをもっと具体的にプレゼンできるよう、調べものを再開していた。

一番大事な〝妊婦の特徴〟を検索するも、以前調べたときと同じ内容ばかり目に映る。もっといろんな声を聞けたらいいんだけれど、人脈も時間もないし……。何度も産婦人科の人たちに協力してもらうのは迷惑だろうし。

「はあ。ただ無香料、オーガニックにこだわるだけっていうのもなあ」

ダイニングテーブルで頬杖をついて、カチカチとマウスを動かす。ふと、質問投稿サイトの文章に意識が向いた。

《悪阻で夫のにおいがだめになりました》

めずらしいタイトルに引かれ、文面を辿《たど》る。

食事や柔軟剤などのにおいがだめっていうのは鉄板みたいだったけど、旦那さんまで苦手になっちゃうってあるの？

興味が湧いて、その投稿に反応しているコメントを順に読んでいく。すると、ぱらぱらと同調する声が書かれていた。パートナーは特にこれまで気になるにおいなどしなかったのに妊娠を機に敏感になっている、という内容など。

愛している人が急に苦手になるって、お互いにストレスだし、悩むのもおかしくはないよね……。

口を尖らせ、唸り声とともに眉間にしわを寄せていたとき、玄関から音が聞こえた。

私はぱっと立ち上がり、玄関へ小走りで向かう。

「おかえりなさい」

「ただいま。はい、麻衣子」

京ちゃんと顔を合わせた瞬間、花束が私の視界を遮った。かわいくラッピングされているカラフルな花束にびっくりしていると、京ちゃんが私の頭を撫でる。

「優秀賞おめでとう。頑張ったね」

いくつになっても、京ちゃんにこうして褒められるのは好き。

私はうれしさのあまり、反射的に京ちゃんに抱きついた。

「うん！　うれしい、ありがとう」

私が広い背中に腕を回すと同時に、彼も同じく私を包み込んでくれる。

京ちゃんの胸に顔を埋めていたら、残っている微かな香水と彼自身の香りが混じって鼻孔に届いた。私にとってはとても落ち着くにおいで、穏やかな心地になる。

「俺も結果を聞いたとき、すごくうれしかったよ。自慢の奥さんだな」

一緒にいるだけで幸せだけど、こうしてスキンシップを取れば安心感が生まれる。

私は京ちゃんの腕の中から、名残惜しい気持ちで離れ、改めて帰宅した京ちゃんを迎え入れた。

「お風呂沸いてるよ」

「ありがとう。じゃあ、先に行ってくる」

ひとりで先にリビングに戻り、パソコンを片づける。ふと閃いた。

妊婦向けのコスメって香りづけはタブーと思っていた。けれど、柑橘《かんきつ》系がほのかに香るくらいならいいかもしれない。リラックス効果を得られるって研究結果も見たことがある。

テーブルの上に置いた花束を一瞥し、さらに考える。

だったら……従来の香水より遥かに薄めの香りにしたフレグランスを、ラインナップに加えてみたらどうだろう。表向き女性がターゲット。それを実際使用するのは男性ってコンセプトにして……。男性も今では香水を使ったりするから、きっと抵抗はないはず。

さっき交わした抱擁を思い出し、そっと花びらに触れる。

女性がパートナーに贈って相手がそれを利用して、また触れ合えるような関係になればいい。妊娠中でも、夫婦が仲良く過ごせるように。

私は一度閉じたパソコンをまた開き、カチャカチャと夢中で企画案を書き綴った。

これがいつかきっと、誰かの幸せに繋がる商品になると信じて。


勢いづいた私は約一週間かけて詳細な企画を練って、上層部へ書類を提出した。後日、好感触な返答がきて、今度から商品開発部や薬品部での作業がスタートするらしい。スピーディな展開に、結果がわかった日からずっと、神経が昂ったままな気がする。そわそわする高揚感《こうよう》と、本当に大丈夫だろうかという不安。すべてひっくるめて、やりがいがあって夢中になれた。いや、まだ夢の途中だ。この先も情熱を注ぎ続ける。


その後も日々仕事に追われ、過ごしていた。

火曜日になり、帰り支度をしてオフィスの廊下を歩いていたら声をかけられる。

「七森さん、今帰り?」

「中崎さん! お疲れ様です。こんな時間まで外回りしていたんですか? 今夜はまた寒の戻りで冷え込むって予報でしたし、外回り大変じゃないですか」

「まあ寒かったのは移動中だけだからね。あとは店舗の中にいたから平気だよ」

中崎さんの寒さで赤くなった耳を見ていたら、頑張っているんだなと感じる。

「あ。噂は聞いてるよ。〝アミュレ with happiness《ウィズハピネス》〟って形で商品化するんだって？」

「えっ……そうなんですか？　シリーズ名は初めて聞きました」

「あっ。やべ。言っちゃだめなやつだったかな。まあ、遅かれ早かれ知るだろうからいいか。……いや、やっぱ念のため内緒にしておいて」

慌てて急に声のトーンを落としたところを見れば、正式発表してはいない話のようだ。仮だったとしても、そうやって私の考えた商品のシリーズ名を耳にしたら、うれしくて自然と顔が緩む。

「七森さん、すごいよね。入社して間もないうえ、常務の彼女なのに驕らず果敢《かかん》に挑戦してさ。俺も負けてられないなーって、いつも刺激もらってる」

ふと見た中崎さんは、瞳に静かに闘志《とうし》の火を燃やしていた。

前に京ちゃんが言っていた。中崎さんの働きぶりは素晴らしいって。

正直、私は中崎さんに対して、仕事への姿勢よりも猪突猛進《ちょとつもうしん》な性格しか見てなかったかもしれない。けれど京ちゃんは、早くから中崎さんの本質を見抜いていたんだ。

「私のほうこそ、中崎さんの仕事、尊敬します」

今日まで何度もオフィス内でばったり会った中崎さんは、定時を過ぎても外回りをしていたり、そのあとさらに残業をしたりと忙しそうだった。だけど、彼のなにがすごいって、そういう環境下にいてもグチを零さず、常に明るく元気なところ。

「それはうれしいね。じゃあ、もっと頑張らなきゃな」

中崎さんは笑って言うと、軽く手を上げて去っていった。

認められる言葉を直にもらうと、またひとつ階段を上った実感が湧く。

「麻衣子ちゃん」

オフィスを出た直後、また呼び止められた。聞き覚えのある声に、振り向きながら相手の顔が頭に浮かぶ。

「那須さん！　どうしたんですか？」

相手が予想通りだったとはいえ、夜七時過ぎのうちのオフィス近辺になぜいるのか疑問を抱く。

那須さんとは、引き抜きを断って以来の再会だ。あのとき、私はもちろん、京ちゃんとも円満に別れていたと思ったけれど。まさか、また京ちゃんに突っかかるためにわざわざ？　もうそんな雰囲気はなかったと思ったのにな……。

「いや～。近くまで来てたからさ。会えるかな～って思ったら本当に会えた」

彼を取り巻く空気は変わらず緩やかで、毒気が抜ける。

「那須さんって、時間に追われてる雰囲気ないですよね。いつでもゆったりしてる」

「ひどいなあ。こう見えて、俺は業界ではそこそこ人気の忙しいデザイナーなんだよ」

こういう反応が子どもっぽくて、バリバリ仕事をこなすイメージからかけ離れてる。

彼の仕事の実力は、世の中に出回っている商品を見てすでにわかっている。そのうえで、私は冗談交じりに返した。

「すみません。仕事をしている姿を見たことがないもので」

「ふーん。だったら、やっぱりうちに来る?」

「えっ。いえ、それは」

ふいに那須さんが目を光らせて言うものだから、びっくりして固まった。彼は肩を上げる私を覗き込み、「ははは」と軽快に笑い飛ばす。

「冗談だよ、冗談。今はまだね」

「今はって」

「こないだの話はちゃんと納得したからね。麻衣子ちゃんは〝ピスカーラ〟が好きなんでしょ。でも、十年先はなにに興味を持っているかなんて、誰にもわからない」

那須さんを取り巻く空気ががらりと変わった。

やっぱり彼は仕事もできて、頭も切れる人だ。けど、試すような視線に当てられるも、私は一時も怯まず答える。

「確かに未来について断言はできませんが、きっと私は一生〝ピスカーラ〟に惹かれ続けると思います」

そう。この先も惹かれ続けるものを、私が作っていくんだ。

胸の中に揺らがない思いを確かに感じる。

「あれ？　おかしいなあ。もう少し揺さぶれると思ったのに。ちょっと会わなかった間に雰囲気変わったね。なにかあった？」

「え？　なにかって。特に思い当たることは……」

「明るくなったっていうか、堂々としてる。仕事も恋愛も順調ってところかな？」

仕事も恋愛も……。指摘されれば、まさにそうだ。京ちゃんと入籍したし、仕事だっていい結果がついてきた。そうかといって、恋愛面のほうを口にしたら惚気《のろけ》以外のなにものでもない。

私はひとつ咳払いをして、口を開いた。

「あー、実は少しだけ。私の頑張りが認められたんです」

「へえ。そうなんだ！　やったじゃん！」

那須さんは屈託ない笑顔を弾けさせた。無邪気に人の成功を喜べる彼のこういう部分が憎めない。

「だったら忙しいんじゃない？　そういや、なんだか顔色もよくないような……」

「そ、そうですか？　最近、夜遅くまで仕事しちゃってたせいかもしれませんね」

ジッと顔を見据《みす》えられたじろぐも、那須さんは構わず私の腕を軽く握った。

「うん。それに痩せたんじゃない？　ちゃんと食べてる？　急に心配になってきた。俺、送っていこうか」

「や、それは結構で……」

遠慮したタイミングで、私のスマートフォンが鳴った。那須さんはぱっと手を離し、横目で私のバッグを見てはため息交じりに零す。

「あー。この絶妙のタイミングは瀬尾だろ。あいつ、マジで麻衣子ちゃんを四六時中監視してるんじゃねーの」

「まっ、まさか！」

画面を確かめると、那須さんの予想通り京ちゃんから。那須さんはちらっと表示を盗み見て、『ほらね』と言わんばかりの表情をする。

たまたま本当に着信主が京ちゃん。だけど監視されてるわけないし。

私が那須さんにじとっとした視線を返すと、彼はスラックスのポケットに手を入れて踵を返した。

「それじゃ、俺の出る幕はないか。これから瀬尾と会うんだろ？　だったら安心だ」

「那須さんは、きょ……常務に会っていかなくてもいいんですか？」

なんとなく、彼が会いたかったのは私じゃなくて京ちゃんな気がする。

余計なお世話かもと思いつつ、ついおせっかいで尋ねてしまった。

那須さんはぴたっと足を止め、眉を下げて苦笑する。

「麻衣子ちゃんと会った流れであいつと顔合わせたら、また小言が始まりそうだし逃げるとするよ。今度、ふたりでゆっくりお茶しようね」

「なっ……」

「デザイナー同士でしかできない話でもしよう。あいつの悔しがる顔が楽しみだ」

那須さんは意地悪な笑みを浮かべて言うと、颯爽といなくなった。まだ鳴っている着信音にハッとして、慌ててスマートフォンを耳に当てる。

「もしもし。ごめんね、電話出るの遅くなって。今、偶然那須さんに会って……」

『那須!?』

スピーカーから大きな声が聞こえてくる。まあ、これは想像通りの反応だ。

「うん。たまたま近くまで来たからって」

『それ、都合のいい嘘じゃないだろうな』

「疑いすぎだよ。もう那須さん帰っちゃったし。それより、京ちゃんどうしたの？　今日も残業で遅くなるの？」

私は通話しながら駅に向かって歩き出す。冷たい風が吹いて、咄嗟に目を瞑った。

『今、終わったから、タイミングが合えば一緒に食事してから帰ろうかと思って。どの辺にいる？』

「オフィスの前だよ！」

京ちゃんと一緒に帰るのは久しぶりだ。うれしくて声が弾む。

『わかった。すぐ駐車場に降りて、裏に向かうから』

私はいそいそとスマートフォンをバッグにしまって、今来た道を引き返す。仕事の疲れも忘れ、くるっと方向転換をしてオフィスの裏口へ急いだ。


京ちゃんを待つこと、十数分。見慣れた車がやってきて、私は小走りで近寄った。

車に乗るなり、京ちゃんが驚いた声を出す。

「外で待ってたの!?　今日は寒いのに！　ほら、手も冷たくなってる」

真っ先に私の両手を取って、彼の体温で温めてくれる。じんわり広がる京ちゃんの熱がとても気持ちいい。

「すぐって言ってたし、オフィスに入るのも面倒で」

「もう。麻衣子は自分のこととなるとルーズなところあるよな」

「へへ……ごめんなさい」

叱られても笑ってごまかす私は、まるで親に心配かけている子どもだ。わかっていても、ときどきこんなふうに甘えるのも悪くないなと思ってしまう。

「ほら。顔も冷たくなって……」

京ちゃんは次に私の両頬をふわっと包み込む。急に顔が近づいてきて、ドキッとする。一緒に暮らすようになっても、夫婦になっても何年続いても、こうやってお互いの温もりを確かめ合える距離感でいたい。

京ちゃんの綺麗な双眸にうっかり意識が蕩けそうになって、我に返った私は京ちゃんの手をそっと解いた。

「京ちゃんせっかく早く帰れたのに、外食でいいの？　家に帰りたいんじゃない？」

私は京ちゃんと一緒にいられたらそれで満足。特に外食したいわけじゃなくて、ふたりの時間を過ごしたいだけだ。それは、たとえ京ちゃんが家で寝ていても、隣にいられれば問題ない。

「俺は麻衣子がいれば場所はどこでもいい」

すると、私と似た回答が戻ってきて、思わず目を丸くした。

「ただ麻衣子のコンテストのお祝い、ちゃんとしてなかっただろ。せめて食事に連れていきたいなと思って」

「京ちゃんは律義《りちぎ》だなあ。コンテストの結果発表の日に花束をくれたじゃない。それで十分だよ？」

「だーめ。なに食べたい？　好きなもの言って」

京ちゃんに聞かれ、食べたいものを考えるもなかなか出て来ない。というのも、最近あまり食欲がないせい。

ここ数日、朝食も紅茶やフルーツだけ。昼もときどきパンを食べるくらいで、しっかりと食事をとっていなかった。唯一、夕食は京ちゃんのものをきちんと作ってはいたため、自分のぶんもあった。それでもやっぱりあまり食は進まなく、ひとりで先に食べる日なんて、誰もいなくて味気ないせいか一人前の半分くらいしか食べられなかった。

そういえば、さっき那須さんにも指摘されし……。私、体調悪いのが治ってないのかも。でも、せっかくお祝いしたいって京ちゃんが言ってくれているしなぁ……。

「お蕎麦《そば》……とか？」

「蕎麦？　それでいいの？」

「うん。あっさりしたものがいいなーって」

「ＯＫ」

そうして車が動き出して数分後。めずらしく車に酔ったのか、やや気分が悪くなった。私は車酔いをごまかすように、外の景色を眺めてゆっくり呼吸を繰り返す。さらに十五分ほど経ったが、体調はよくならないまま蕎麦屋に到着した。

「麻衣子、着いたよ。どうした？　疲れてるなら、やっぱり帰ろうか」

心配そうな表情を見て、咄嗟に笑顔を作る。

「ううん。食べる」

「そう……？　じゃあ、食べ終わったら早く帰って休もう」

平気なふりしなきゃ。余計な心配をかけたくないし、仕事だって今やりたいことがたくさんあるから、なるべく休みたくない。病《やまい》は気からってよく言うし、気合いでどうにかなる。

外のひんやりした空気で気分は落ち着いて、私は京ちゃんの後に続いて鶯色《うぐいすいろ》の暖簾をくぐった。座敷の席に案内され、おろし蕎麦を注文する。少しして、注文していた蕎麦が運ばれてきた。

「いただきます」

両手を合わせ、箸を手にする。ひと口蕎麦を啜《すす》った。

やっぱりなにか変だ。思ったように食べられない。残すのは店の人にも京ちゃんにも悪い。そう思って一生懸命口に運ぶも、全然量が減らない。京ちゃんが食べ終わっても、私はまだ半分も食べ進めなかった。

「麻衣子、やっぱり無理してるだろ。ただの風邪だって軽くみて悪化したら大変だよ」

「うん……ごめんね」

「気にしなくていい。出よう」

京ちゃんが伝票を持ってレジへ行く。私もその後ろに立っていたら、男女のお客さんがやってきた。ふたりが私の前を横切っていったあと、急に胸が気持ち悪くなる。

私は堪らず、京ちゃんを置いて先に外へ出た。

すぐに追って出てきた彼は、血相《けっそう》を変えて私を見た。

「麻衣子、そんなにつらいなら今から病院に……」

「ううん。やっぱり体調がいまいちみたい。実はさっきちょっと車にも酔っちゃって……横になればよくなると思うから」

「わかった。帰りの運転はなるべく揺れないようにするよ」

私はリクライニングシートを倒して、楽な姿勢を取った。京ちゃんは慎重に運転していたようで、店内での妙な吐き気はぶり返さなかった。


マンションに着いてルームウェアに着替えたら、だいぶ楽になった。ベッドに横たわり、ほっと息をつく。

本当に風邪を引いたかな。ちょっと熱っぽい気もするし……。慣れない仕事まで抱えて忙しくしてたから、ストレスで胃がやられたとか？　けど今、すごく楽しいし休みたくないんだよなあ。

天井を仰いで考えに耽《ふけ》っていたら、京ちゃんが水を持ってやってきた。

「水飲む？」

私は身体を起こして「ありがとう」とグラスを受け取り、水を飲む。京ちゃんはベッドの脇に腰をかけ、すっと私の額に手を当てた。

「微熱ありそうだね」

「やっぱり風邪かなあ。京ちゃん、うつったら困るでしょ。私、客間で休むよ」

「俺がつらそうな麻衣子を放っておくと思う？　いいからおとなしくここで寝て」

彼は空のグラスをサイドテーブルに置いて、私をベッドに横たえた。

「いつから調子悪いの？」

京ちゃんが優しい手つきで頭を撫でる。とても心地よくて、具合が悪いのが軽減される。私は自然と瞼を下ろしていた。

「うーん。コンテストの発表前後から、あんまり食欲はなかったかも」

「そうだったのか……。ごめん、気づいてやれなくて」

京ちゃんが落ち込んで、ぼそっと漏らす。

「ううん。だって私自身、体調の変化をそこまで気にしてなかったし」

必死にフォローするや否や、手をきゅっと握られる。

「いや、俺はてっきり、ダイエットしてるのかと思って。必要ないって言いたかったけど、結婚式を控えてる女性はどうしても意識するのかなって」

「あはは。そっか。私、仕事に没頭しててそこまで気が回ってなかったよ」

私が笑い声を止めたあと、ひととき、しんと静まり返る。見上げた先の京ちゃんは、心配そうに瞳を揺らしていた。

「そんなに前からだったんなら明日一度病院に行こう。ほかに症状はある？」

あまりに心配している様子だったから黙っているわけにもいかず、正直に話した。

「ときどき立ちくらみしてたかも……。あと、今日はなんだか吐き気がするの」

症状を隠しても、一緒に暮らしていればそのうち気づかれる。そう思って伝えたものの、京ちゃんの反応が怖い。

しばらく待っても京ちゃんはなにも発さなかった。私はいよいよ不安になって、そろりと彼の顔色を窺う。

「京ちゃん……？」

「麻衣子。もしかして……子どもできた？」

真剣な目で言われた言葉に思考が止まる。

「可能性は……あるだろう？」

「あ……」

「さっきも、蕎麦屋で急に具合悪くなったのも女性客のにおいだったんじゃない？

結構香水がきつめだったから」

京ちゃんの話を聞いて、心臓が大きくドクンと鳴った。

私……生理っていつ来たっけ？　元々きっちり来るタイプじゃなくて、気にしていなかった。自分の身体のことくらい、ちゃんと把握しておくべきなのに。

「わ、わからない……」

まさか本当に……？　思いも寄らない可能性に気持ちが落ち着かなくなる。

「明日、仕事は休んで病院へ行こう」

動揺している私とは違い、京ちゃんは冷静に言った。この期に及《およ》んで、ふっと過ったのは抱えている仕事のこと。

私はまだ深見さんの下で雑務をこなす程度の社員。代わりなんてきくし、深見さんほどの人ならひとりでどうとでもできる。マタニティコスメの件だって、具体的に締め切りがある段階にまできていない。どちらにしても、私がいなくても進められるとわかってる。だけど、私がこれまで頑張って作った居場所だ。

仕事がしたい。こんなときにそんな考えが浮かぶ。

「でも私……」

「マイ」

凛とした声で名前を呼ばれ、京ちゃんを見つめた。とても強い意志を浮かべる瞳の色に、自然と彼の気持ちが伝わってくる。

すべてのことには運とタイミングがあって、そのときどきで優先するべきものは変わる。今、真っ先に選ぶべき道はひとつ。

もしも、私の中に小さな命が芽吹いているなら、なにを重んじるべきかなんて考えなくてもわかる。

私はゆっくりとうなずいた。彼は安堵の表情を浮かべ、そっと私を抱きしめる。

「病院の希望はある？　ないならあとで俺が調べておくよ」

広い胸に頭を預け、少しの間考える。

「だったら前にコンテストのために協力をしてもらったレディースクリニックがいいかな。ことオフィスの間だし。とてもいい雰囲気だったから」

真っ白な壁に柔らかな照明。オルゴール音のＢＧＭが院内に流れていて、受付の人もゆったりとした口調で優しい印象だった。すれ違う看護師もみんな笑顔で会釈してくれて、待合室の妊婦さんは楽しそうに会話を弾ませていた。

あの日見た微笑ましい光景に私が入るって……やっぱり全然想像つかない。いや、まだそうと決まったわけでもないのに……。

「そう。わかった」

京ちゃんは私から離れるなり、ベッドから立ち上がってポケットからスマートフォンを取り出した。操作も一瞬で、耳に当てる。

「あ、蒼井さん？　遅くにごめん。明日のスケジュールを変更してほしいんだけど」

京ちゃんの話を聞き、思わず「えっ」と声を漏らす。しかし、私の視線など気にも留めず、京ちゃんは話を進めていく。

「午前中は全部、予定をキャンセルしておいて。代わりに夜遅くなっても明日にしわ寄せいっても構わないから。理由は明日の午後、改めて話させて」

私はもどかしく思いつつも、京ちゃんの背中を見つめる。

今すぐ、『そこまでしなくていいよ』って声をかけようと思えばできるのに、それができないのは本心では心細いから。

「うん、うん……。蒼井さんを毎回巻き込んですまない。ありがとう」

だけどやっぱり仕事の邪魔になる。そう思って、京ちゃんが電話を終えて振り返ると同時に、精いっぱい強がった。

「私ひとりでも……」

「嘘つき。顔に出てるよ。ひとりじゃ不安だって」

彼はまたベッドに座って、私の頬に手を添えて両目を覗き込んでくる。

「それに前に言っただろ？　『無理やり時間作ってでも、麻衣子と一緒に行く』って」

那須さんと産婦人科前で遭遇したことを巡ってケンカになったときの話だ。

確かに、京ちゃんはあのときそう言っていた。その場限りの言葉だったとは思わない。けれど、有言実行してくれたのを目の当たりにしたら、やっぱり感極まる。

「ありがとう」

京ちゃんは、泣き出してしまいそうで、咄嗟に下を向いた私の身体をやさしく引き寄せ、抱きしめてくれた。

「眠れそう？」

ベッドの中で向かい合っていた京ちゃんが尋ねる。真っ暗な部屋の中で、私は「うーん」とうなった。

「あまりにもよくないようなら、救急に……」

私はふるふると首を横に振る。悩まし気な声を漏らしたのは、体調が悪いせいではなかった。繋いでいた手を離し、自分のお腹を触って口を開く。

「ううん。というかね。ここに京ちゃんとの赤ちゃんがいるかもって思ったら……ドキドキしちゃって」

いろんなことを考えちゃう。

男の子かな？　女の子かな？　どんな顔をしているんだろう。京ちゃんに似てたらいいな。抱っこして散歩して、お風呂は京ちゃんに協力してもらって、小さな寝息を聞きながら添い寝して自分も疲れて眠っちゃって……。

ありふれた光景に自分たちを当てはめる。

「どうしよう、京ちゃん。私、すごく期待してる……」

だって、浮かぶ未来ひとつひとつが幸せに満ちてる。

だからこそ、勘違いだったらがっかりするってわかってるのに、期待するのをやめられない。

私と彼の奇跡が……命が宿っているかもだなんて、眠れるわけない。

「期待が大きいと、そのぶん空振りだったときに相当落ち込むよ」

私の抱えていた不安を言い当てられて、どきりとする。

京ちゃんの声音は落ち着いていて、てっきり浮かれる私に釘を刺したと思った次の瞬間。

「……って、わかっていても『期待するな』って言うほうが無理だ。俺も相当緊張してる。俺こそ明日まで徹夜だ」

苦笑交じりに続けた京ちゃんの声に、おどけた表情が目に浮かぶ。

そっと背中に手を回され、抱きしめられる。次第に京ちゃんの心音が聞こえてきた。

『緊張してる』って言う通り、速いリズムを刻んでる。

「本当に子どもを授《さず》かっていたら、私はちゃんと親としてこの子を育てていけるのかな。出産って怖いイメージが大きいけれど、乗り越えられるのか……わかんない」

しかも、仕事でアンケートをとったとき、それぞれみんな大変なエピソードを書いていたから、妊婦って大変なんだなって先入観がある。

自分の手を固く握ったとき、京ちゃんに繰り返しやさしく頭を撫でられた。

「そうだな。俺も『大丈夫』って簡単には言えないよ」

予想外の言葉に目を見開いた。なんとなく、京ちゃんなら『大丈夫だよ』って言ってくれる気がしていた。

突き放されたとは思わない。なぜなら仄暗《ほのぐら》い中、薄っすら見えた彼の表情が苦しそうだったから。

京ちゃんは私の前髪をかき上げるようにして、しなやかな指を差し込んだ。視線を逸らさずまっすぐに私を見て続ける。

「誰にとっても、初めての経験は不安だし怖いと思う。まして、麻衣子は自分の身体が変化していくんだ。俺なんか比じゃないほど戸惑うだろう」

ああ、そうか。京ちゃんは、自分にできることはなにもないと歯がゆく思って、容易に慰める言葉をかけなかったんだ。

「ただひとつだけ言えるのは、今日まで麻衣子を見てきてわかってる。きみはとても頑張り屋で芯が強い。ちゃんと乗り越えていける力は持ってる」

やっぱり京ちゃんは、相手の気持ちを考える、やさしく頼れる人。

常務としても恋人としても、夫としても。

そういうところが、京ちゃんに惹かれた私の理由。

「うん。そうだよね。何事も飛び込んでしまえば、あとは必死に前を見て進むだけだし。案ずるより産むが易《やす》しってすごくうまい言葉だね」

寄り添う体温が私に踏み出す勇気をくれる。

京ちゃんは深刻そうだった顔から一変し、極上の笑みを浮かべた。

「あともうひとつ。麻衣子はひとりじゃない。俺がいる」

「……うん」

手を重ね合わせたら、自然と鼓動と体温も重なってゆったりとした時間に変わる。

次第に全身の力がふわっと抜け落ちて、私は安心感に包まれながら、いつしか眠りに就いていた。

翌朝も体調はあまり変わらなかった。朝食はフルーツだけ。会社に半休をお願いし、産婦人科へ予約の電話を入れて、ふたりで病院へ向かった。

受付を済ませ、待合室で呼ばれるのを待つ。

「瀬尾さん。診察室へどうぞ」

ついに自分の番が来て、すっくと立った。

大丈夫。もしそうだったとしても、そうじゃなかったとしても。落ち着いて受け止められる。

一度お腹に視線を落として顔を上げ、京ちゃんと目を合わせて微かにうなずく。

そして、診察室のドアを開いた。


十五分後。私は待合室で待つ京ちゃんのもとへ戻った。俯きがちな私の姿に気づくなり、京ちゃんはソファから立ち上がり、歩み寄ってくる。

「マイ……？　大丈夫？」

さすがの京ちゃんも困惑したのか、遠慮がちな声だった。私はやおら顔を上げ、手にあるクリアファイルからエコー写真を取り出して渡す。

「妊娠十一週だって」

「え……」

「予定日は十月だって！」

院内じゃなければ、歓喜《かんき》のあまり京ちゃんに抱き着いて大声を出していたかもしれない。湧き上がる喜びと幸せに笑顔が隠せない。あんなに具合が悪かったのに、今だけはそれすらも忘れるくらいにうれしい。

京ちゃんは瞬きもせずに固まったまま。

「京ちゃん？」

首を傾げて見上げると、彼はふいに私の手を掴み、目を輝かせた。

「やった……！　本当に？　いや、本当だ！　これが俺たちの……」

京ちゃんは動揺交じりにエコー写真を見て、顔を綻ばせる。それはこれまで見てきた笑顔とは違っていて、余裕や体裁《ていさい》や人目もまるで関係ないといった、素の心を曝《さら》け出すような無邪気な表情。

彼がここまで喜んでくれるなんて、と私はつい涙腺《るいせん》が緩んだ。

車に戻り、シートベルトに手をかけたところで京ちゃんが改まって言う。

「麻衣子、ありがとう」

私は驚いて振り返る。

「変なの。どうして私がお礼言われるの？」

くすくすと笑って返すも、京ちゃんは真剣な面持ちだ。真摯な瞳にドキッとする。

「何度だって言うよ。俺と結婚してくれて……出会ってくれてありがとう」

なんだろう。妊娠とわかった途端、情緒不安定《じょうちょふあんてい》になっているのかな。それとも、ここ数か月いろいろありすぎて気持ちが昂りやすくなっているのかもしれない。すぐに涙が出そうになる。

これから出勤しようとしている私は、泣くのをぐっと堪えて口角を上げた。

「やっぱり変なの。私は京ちゃんのために結婚したわけじゃない。京ちゃんを好きで好きで……一緒にいられたらなってずっと思ってたの」

一方的にお礼を言われるのは違和感がある。それなら、私だって同じ気持ちだ。

「結婚は、そんな私の夢を京ちゃんが叶えてくれたっていうことだよ。私、今すごく幸せ」

刹那、肩を抱かれて唇を奪われる。一瞬だけのキスのあと、京ちゃんは人目も憚《はばか》らず私をぎゅっと抱きしめた。

「京ちゃん、誰か通りかかっちゃうかも……」

「マイが悪い。そんなふうに言われたら、可愛すぎて抑えがきかなくなる」

あたふたとする私を強くやさしく包む京ちゃんが、耳元でささやく。

「これからも、俺の幸せには麻衣子が必要不可欠なんだ」

心に落ちて響くセリフで、ひと粒のしずくが目尻から零れていく。

「……私も」

睫毛にひとつキスを落とされる。反射で伏せた瞼を押し上げていくと、愛おしい人がこっちを見て微笑んでいた。

ねえ、京ちゃん。子どもが生まれたあとのにぎやかな毎日も、歳《とし》をとって静かな日々を送るときも、最後の瞬間までずっとそばにいて。

私をこんな感情にさせるのは、あとにも先にもあなただけ。

だから絶対京ちゃんに、私と『一緒に過ごせてよかった』って思ってもらえるように、これからも頑張るよ。

それから——。
当初京ちゃんは私を心配して休職を勧めてきたけれど、お医者さんと話をしたうえで仕事をしたい意を伝えたら、私の気持ちを汲んでくれた。ただし『無理はしない、過度な残業は控える、常に医者の指示に従う』って条件付き。もちろん、私もそれらの約束はきちんと納得して守るつもりだ。

ありがたくも、私の悪阻は初めて病院へ行ったときがピークだったみたいで、徐々に落ち着いてきている。

しかし、私は新入社員でまだまだ教わることも多い。さらに最近ではちょっとずつ、ひとりで仕事を任されてきていたところだったため、会社へは切り出しづらい気持ちだった。そうかといって深見さんへの報告は先伸ばしにすべきじゃないのはわかっていたから、覚悟を決めて正直に話をした。

赤ちゃんを授かった報告と、許されるならギリギリまで働き、産後にまたここへ戻ってきたい、と。

深見さんは腕を組んでしばらく黙り、少ししてこう言った。

『ふたりが結婚したと聞いて、いつか子どもを授かったなら七森さんと常務はそう言うと予想していたわ。まあ、まさかこんなに早いとは思わなかったけど』、と。

私は深見さんの了承と協力を得て悩みも吹っ飛び、いっそう仕事に集中できるようになった。

残された時間を無駄にしたくない。

その思いで、再び私は仕事に没頭する日々を送る。もちろん、体調には十分気をつけながら。

「深見さん、預かっていたデータの文字校正終わりました。ほかになにかありませんか？」

「ありがとう。頼みたい仕事が出てきたら声かけるわ。それまで新商品のパッケージ案を作っておいたら？」

「えっ。でも」

〝アミュレ with happiness〟のほうは、すでにほとんど私の手から離れ、各部署で動いている。とはいえ、まだパッケージを考える段階にもなっておらず、おそらく私が産休・育休を取っている間に佳境《かきょう》に入ると思われる。

そもそも、これまで基本的には就業時間中は自分のコンテスト案ではなく、通常業務をしていた。それなのに、正式な仕事ではない、使われるかもわからないデザインに時間をもらっていいものかと戸惑う。

すると、深見さんは椅子ごとくるっと身体をこちらに向け、私を見上げて言った。

「元は自分の企画だしって気を抜いてたら、横からかっさらわれるわよ。私を含め、デザイン採用は全員平等にチャンスがあるんだから」

「は、はい！」

深見さんに発破《はっぱ》をかけられ、背筋が伸びる。

「特にあなたはひとまずリミットがあるでしょ。今やれることを必死にやりなさい。後悔しないようにね」

「はい。ありがとうございます」

自分で意識してはいなかったけれど、企画が一度自分の手を離れて気が緩んでいたかもしれない。

気を引きしめ直し、自分の席に着く。

「七森さん。産休の前にいろいろ頑張っておかなきゃね」

後ろの席にいた先輩に、こそっと話しかけられた。さらに、隣の先輩まで会話に加わる。

「それにしても惜しかったね～。七森さん発案のマタニティコスメ、早くても来秋以降でしょ？　自分で使いたかったんじゃない？」

ふたりとも、普段からとてもいい先輩だ。今も純粋に私を気遣ってくれているのがわかる。

「そうですね……。確かにちょっと残念な気持ちにもなったんですが、今は気持ちを切り替えて、自分の体調の変化を書き留めて、少しでも今後の参考になるようにしているんです」

笑顔で答えると、先輩が目を丸くした。

「七森さんって、本当に真面目！　しんどいときは無理せず休みなよ？」

私は温かな言葉に心から感謝し、笑顔が零れた。

今日も体調は安定していた。無事に仕事を終え、オフィスの裏口に立つ。見慣れた車が路上で止まったのを見て、私は車へと歩いていって乗り込んだ。

京ちゃんは、結婚前もときどき私と一緒に帰宅していたけれど、前よりもその頻度が多くなった。仕事が詰まったりしないのかと心配になりつつも、京ちゃんならプライベートを優先して仕事を疎かには絶対にしないってわかるから、今は甘えようと決めた。

私たちはスーパーで買い物をし、マンションに帰る。

「麻衣子、これ」

リビングに入るなり、京ちゃんが小さめの紙袋を差し出してきた。私はきょとんとしたあと、「ふふっ」と苦笑する。

「またなにか買っちゃったの？」

京ちゃんは私の妊娠が判明してから、ちょくちょくベビーグッズなど赤ちゃんに関連するものを買ってくる。

ミニサイズのテディベア。動物を象った可愛いモビールに、キルト生地の柔らかいボール。フォトスタンド。まだ性別もわからないのに、『つい』と言って靴下やスタイも買ってきたり。おかげでリビングのシェルフが、カラフルでファンシーな雰囲気になっている。

棚の端にはグアムでの挙式の写真を飾っていて、その隣には写真を入れていないフォトフレームが置いてあった。

それは、この間京ちゃんが『子どもが生まれたあとの家族写真用』と言って買って帰ってきたもの。

彼から受け取った紙袋には、透明の袋でラッピングされた、ちょっと重みのある白いボトルが入っていた。

「わ。これなに？　パッケージがおしゃれ！　ボディクリーム？」

「うん。赤ちゃんにも安心して使えるんだって」

ボトルの表示を目で追って、無意識に感嘆の声を漏らす。

「へえ。赤ちゃんにも？　なるほどー。お母さんと赤ちゃんの両方が使えるスキンケアとかあってもいいかもね」

まじまじとボディクリームを見つめ、ぽろっと零したのは仕事に関連づいた内容。

すると、今度は京ちゃんが苦笑いを浮かべる。

「麻衣子、日を追うごとに仕事にハマっていってない？」

「あ、ごめ……っん」

謝罪の言葉を遮るようにキスされる。びっくりして目を白黒させた。

京ちゃんは私の両眼を覗き込んで、自信たっぷりに口角を上げる。

「いつか俺が〝ピスカーラ〟の指揮をとったら、麻衣子が飽きないように今以上に夢中にさせるブランドにしていくから」

「飽きたりなんか」

「知ってる。麻衣子は一途だからね」

ふわっと微笑まれ、腰を引き寄せられる。慣れることのない私の心臓は、こうしてふいに触れられると一瞬でドキドキし始める。私は両手できゅっとワイシャツを摘まんで彼を仰いだ。

瞬間、彼が熱い眼差しで言う。

「その瞳でずっと俺を見てて」

きっと私は頼まれなくっても、この先ずっと彼を目に映し続ける。

だって、昨日よりも今日、今日よりも明日の彼に惹かれていくと思うから。

あなたと、数か月後に会えるであろう私たちの子と。三人で幸せを築く未来は、すぐそこにある。

「うん」

私は飾ってある空のフォトフレームに、これからの喜びにあふれる日々へと思いを馳《は》せた。

―番外編―

季節は秋。ようやく暑い夏が終わり、過ごしやすくなった。

俺が毎日オフィスに着いてまずすることは、メールとスケジュールのチェック。パソコンを起ち上げ、革張りのハイバックチェアにもたれかかる。

「常務、おはようございます」

そこに秘書の蒼井さんが、きちっと礼をして入室してきた。

彼女は俺が常務という役職に就いてまもなく、専属秘書として配属された女性だ。

当時はどこか自信なさげにおどおどしていたが、今ではすっかり慣れたもので堂々としている。

「おはよう。今日の予定を念のため確認させてもらえる？」

「はい。本日は午前十時にエヌグループ社を訪問、午後から開発部門の定例会です。こちらは少し長くなるかもしれませんね」

俺のデスクの前に立った彼女は、手帳を開いてそう言った。

「定例会か……」

「開発部門ですから、奥様が発案された商品についても進捗《しんちょく》報告がありそうですね。その後、奥様のほうはお変わりありませんか?」

蒼井さんに聞かれ、今朝別れたばかりの麻衣子を思い浮かべる。

「うん。元気だよ」

麻衣子の妊娠がわかってから、約半年。麻衣子は先月から産休に入り、今は自宅で過ごしている。

幸いにも検診ではまったく問題なく、また、お腹の子どももすくすくと大きく育っているらしい。俺たちは平穏で幸せな日々を送っていた。

「そうですか。ご出産の予定日付近はなるべく出張は避けるようにいたしますね」

蒼井さんは手帳をパラパラと捲りながら言った。

「ありがとう。でもどうしてもという案件があれば相談して」

「ですが」

「大丈夫。妻はもうすぐ実家に戻る予定なんだ。だから、俺も安心して仕事ができる」

約三週間後の十月二十二日が出産予定日だ。

麻衣子には予定日の二週間前くらいまでには、実家にお世話になったらいいんじゃないかと提案していた。

俺は一緒に過ごしたいが、なんだかんだと家にいる時間は少ない。そうなると、長時間彼女がひとりきりでマンションにいるよりも、実家でお義母《かあ》さんといたほうがお互い精神的に安心なのではないかと考えた。

そうすると、麻衣子はしばらく悩んだ末、『お母さんにも相談してみる』と言い、ついこの間里帰りをすると決まった。

麻衣子と暮らしてまだ一年にも満たないが、すでに俺は彼女がいて当たり前の生活になっている。正直、離れて暮らすのはつらいが、優先しなければならないのは麻衣子と生まれてくる子どもだ。

少しもの悲しく思っていると、蒼井さんが神妙《しんみょう》な面持《おもも》ちでつぶやいた。

「左様《さよう》でございますか。では常務は少し寂しいですね」

俺は自分の心の中を見透かされた気がして、咄嗟《とっさ》に強がる。

「いや、その間にできる仕事を進めておくよ」

できるなら出産には立ち会いたいし、そのために今から調整しないとな。

「ふふ。お名前も早く決まるといいですね」

突然、蒼井さんが破顔《はがん》して発した言葉に、思わず目が点になる。

出社してデスクに置きっぱなしにしていた書類の下の名付け本に気づき、さっと隠した。

「すみません。でも今初めて気づいたわけではないですよ。常務が休憩中、急に席を外さなければならなくなったとき、検索途中の画面を見てしまいましたから」

「あー……」

「休憩中に難しい顔をしているのも、仕事ではなくお子様の名前のためなんでしょう？　そんなに想ってくれて、奥様もお子様もうれしいでしょうね」

仕事中はプライベートを出さないようにしていた。が、常に行動をともにする蒼井さんにはやっぱり気づかれてしまっていたらしい。

「悪いけど……妻と会うことがあっても、この話はしないでくれ」

麻衣子もまさか、休憩のたびに子どもの名前ばかり考えているとは思っていないだろう。すでにベビーグッズを買いそろえて親バカを発揮しているのに、これ以上はちょっと恥ずかしい。

「承知いたしました。……でも、七森さんでしたら笑って喜んでくれそうですけどね」

彼女はくすくすと笑って付け足すと、一礼をして部屋を去っていった。

その日は夜八時頃、帰宅した。玄関を開けると麻衣子が出迎えてくれる。

「おかえりなさい」

「ただいま。なにしてたの？」

首に巻いたタオルを不思議に思って尋ねた。

麻衣子は、はつらつとして答える。

「この間習ってきたマタニティヨガをやってたんだけど、ちょっとしかしてないのに汗がすごくて」

「ああ、なるほどね。身体にはいいんだろうけど、ほどほどに」

「うん。もう終わったところだから」

「それなら先にシャワー浴びてきたら？　俺はあとでいいよ」

「そう……？　ありがとう」

麻衣子は俺の脱いだジャケットをかけて笑いかける。こういうなにげない日常がとても幸せだ。

ふと奥のウォークインクローゼット前のスーツケースが視界に飛び込んだ。ネイビー色は麻衣子のもの。

「実家へ帰る準備はもう終わったの？」

「あー、うん。さらっとね。まあ、なにか忘れても取りに戻って来れる距離だし」

「戻って来なくても、急ぎじゃないなら俺が届けるから連絡して」

「いいよー。歩くのもいい運動になるから」

麻衣子はあっさりした反応をし、「急いでお風呂行ってくるね」と言い残して行ってしまった。

しんとした部屋で、ふいに寂寥《せきりょう》感を抱く。

彼女と生活をともにする前は、ひとりが当たり前だったのに。今では玄関もリビングも寝室も、全部麻衣子の姿が浮かんでくる。

俺はふるふると顔を横に振って、リビングにある麻衣子とのグアム挙式の写真を見つめていた。


一週間後。その日の朝は名残惜しかった。

そうかといって、大の男がいつまでも後ろ髪を引かれていては情けない。俺はいつもと変わらない態度で、麻衣子の柔らかな頬にキスを落とす。

「気をつけて行くんだよ。ご両親によろしく」

「うん。京ちゃんの邪魔にならない程度に連絡するね」

「麻衣子のこと邪魔だなんて思うわけないだろ。いつでも連絡して」

麻衣子の腕をやさしく引き、首の後ろに片腕を回して抱きしめる。麻衣子の甘い香りを感じ、ゆっくり身体を離した。

「じゃあ、行ってきます」

「うん。行ってらっしゃい」

麻衣子が送り出してくれるのも、これでしばらくお預けかと思うと、やっぱり寂しい気持ちになる。

しかし、笑顔を見せて玄関をあとにした。

週末の三連休は麻衣子とはメッセージのやりとりをしていたが、特に体調に変わりはないらしい。そして、火曜になった。

今日はどうも仕事が捗《はかど》らなかった気がする。気づけばため息ばかり零しそうで、やたらと意識していた一日だった。

夜九時過ぎになり、そろそろ帰ろうかと駐車場へ降りた。車に乗り込んだのはいいが、エンジンをかけずしばらく考える。

このまままっすぐマンションに帰ったところで、ひとりきりの空間にまた重い息を吐くだけになりそうだ。せっかく麻衣子も久しぶりに家族水入らずの時間を過ごしているだろうから、なるべく電話は控えたほうがいいだろうし……。

そこまで思考を巡らせ、ようやくエンジンをかける。俺はオフィスを出て、マンションとは逆方向へ車を走らせた。


たどり着いたのは、学生時代たまに利用していた一軒の定食居酒屋。

本当なら、バーでお酒だけでもよかったが、車があるためアルコールはあきらめた。

中に入ると思った以上に客が入っていた。戸惑っていると、店員が話しかけてくる。

「おひとり様ですか？　ちょうど奥のカウンター席が一席空いてるのでどうぞ」

案内された奥の席へ歩みを進め、椅子を引いた瞬間絶句する。

「あれ。瀬尾じゃん」

「那須……！」

驚きのあまり言葉が続かない。やや固まっていたが、急いで踵を返した。が、しっかりと腕を掴まれてしまった。

「あからさますぎ。店の人も変な顔してるし、いいから座れよ」

冷静に言われると、自分だけが過剰に意識しているみたいで腹が立つ。

俺は軽く腕を振り払い、那須の隣に腰を下ろした。

「こんなところでひとりで夜メシ？　麻衣子ちゃんはどうしたんだよ」

「実家に帰ってる」

「えっ！　まさかケンカ……」

「断じて違う。いいから早く食べて帰れ」

淡々と言い返し、からあげ定食を頼んで水を口に含んだ。少しの間、沈黙が流れる。

麻衣子は那須と知り合ってから、この男に対してわりと友好的だ。

確かに、大学時代の記憶とは、那須のイメージが若干変わっている気もする。それは、果たしてこいつが変化したのか、または麻衣子がそう気づかせてくれたかはわからないが。多少話しやすくなったとしても、やはり俺は那須とふたりきりでいるのはどうも落ち着かない。

内心早く帰らないのかと悶々としていたら、那須が口を開く。

「なあ。お前のとこの会社って、パッケージデザインとかポスターとか外部委託はしないのか？」

「しない。社内に実力があって信頼できるチームがある。うちの会社を心から大事に思ってくれている社員たちだ」

外部委託が悪いとは言わないが、うちは〝ピスカーラ〟を知り尽くしたプロフェッショナルが最善を尽くし、商品の魅力をさらに増すことができていると思っている。

「さいですか。俺、コスメのデザインはしたことないんだよな。ほら、だいぶ前に麻衣子ちゃんのデザインちらっと見たんだけど、あれ見て興味湧いたんだよな」

食事を終えた那須は頰杖をつき、ひとりごとみたいにつぶやいた。

こいつが麻衣子の話をするのは癇《かん》に障《さわ》るけれど、彼女の才能をたたえる発言は悪くない。

すると、那須は横目で俺を一瞥するなり冷笑した。

「麻衣子ちゃん絡みの話だと本当表情緩むよな、お前」

「……うるさい!」

「はいはい。ほら、周りに迷惑だから静かにしろって」

そうして、俺の定食が運ばれてきたのと同時に、那須はテーブルにお金を残して去っていった。

那須のせいで、余計に麻衣子に会いたくなった。

そんなふうに人のせいにしながら家路《いえじ》に着く。マンションのエレベーターでキーを用意し、無心で玄関を開けた。

真っ暗な玄関に、改めてひとりきりなのだと落胆した、そのとき。

「おかえりなさい」

パッと電気がついたと同時に耳馴染みのある鈴を転がすような声が聞こえ、目を剥いた。勢いよく顔を上げ、正面を見据える。

夢でも幻でもない。本物の麻衣子がそこにいた。

「ど……どうして？」

驚倒する俺は、情けないことにまともな声も出せなかった。俺のやっとの問いに、麻衣子はばつが悪そうにはにかんだ。

「帰ってきちゃった」

「え？　ご両親とケンカでもした？」

「ううん。違うよ。なんていうか私も身重だし、両親も私も逆にお互いに気を使っちゃうから。連休ゆっくりしてきたし、それで十分」

いまだに頭が追いつかず、靴も脱がずにいると麻衣子が俺のカバンに手を伸ばす。

彼女は重いカバンを両手で持ち、言いづらそうに続けた。

「……っていうのは建前で、やっぱり京ちゃんと一緒がいいなあって」

ぼそりと漏らした麻衣子の本音に、胸の奥から熱いものがこみ上げる。俺は無意識に靴を脱ぎすて、麻衣子のそばに立った。

「出張でいない日もあるよ？　不安じゃないの？」

「不安はどこにいてもあるから、それなら京ちゃんと少しでもいられる場所がいいかなって思ったの」

俺を見上げて控えめに微笑む様がいじらしくて、堪らず彼女をそっと抱きしめた。花のような香り、少し熱いくらいの体温。白い柔肌《やわはだ》にそっと手を添え、つぶらな瞳を見つめる。

「京ちゃん……？」

小首を傾げる麻衣子が可愛くて、抑えきれない想いのまま額にキスをする。

「あー、だめだ。俺、こんなときでも自分の気持ちを優先してる」

今、置かれている状況下では、どの選択がベストなのかわかっていたはずだった。だから麻衣子に里帰りを勧めたし、俺もそのくらい耐えられると思っていたのに。

「麻衣子の状況を考えたら、実家にお願いするのがいいってわかってる。わかってるのに……」

俺はいつから、こんなにもだめな男に成り下がったんだろう。彼女の事情よりも、こうして戻ってきてくれた事実が俺の気持ちを浮き立たせる。

「俺と一緒にいたいって言ってくれて、めちゃくちゃうれしい」

麻衣子の顔に頬を寄せ、ぽつりと力なくつぶやいた。

「俺……随分カッコ悪い男だよな。麻衣子と再会してそばにいるようになってから、日に日に余裕なくなってる気がする。昔のほうが、まだカッコつけていられたな」

刹那、すぐ横から「ふふっ」と笑い声が届いた。おもむろに顔を上げ、麻衣子を見ると、ニッコリと口元に弧を描いている。

「どんな京ちゃんでも私は好き」

情けない表情をした俺の頬に両手を伸ばし、昔と変わらぬ無垢《むく》な笑みで言う。

「だって、京ちゃんは京ちゃんでしょ？　なにも変わらないよ」

彼女のこういうところが好きだった。そして、今も好きだ。

俺を俺のまま見て受け入れて……愛してくれる。

麻衣子の腰に手を添えて、ピンク色の小さな唇に口づける。

「マイ、おかえり」

「ただいま」

笑顔で迎え入れてくれた彼女の後ろには、リビングの温かな灯りが漏れている。

彼女が待っていてくれるこの家が、俺の帰る場所だと改めて感じた。

それから。
大切で愛しい彼女が小さな家族をひとり抱き、再び俺の待つ我が家に帰ってきたのは約半月後の話――。

おわり

あとがき

このたびは、本作をお手に取っていただきましてありがとうございます。本当に！まさかの続編です。いまだに信じられない作者です。

続編のお話をいただき、当初考えたプロットからがらりと変わりました。結果的に、続編らしいふたりのその後を描けたのではないかなあと思います。ちなみに、お気づきの方もいらっしゃるかもしれませんが、作者は那須がお気に入りです。

こちらの作品は、由多いり先生にコミカライズしていただいております。キャラたちが絵になって動くというのは不思議な感覚でいて、とても惹き込まれます。

小説とは違った面白さがたくさんありますので（特に京一の色気！）ぜひ、こちらをご覧の皆様もご興味がありましたらチェックしてみてくださいね。

読者の皆様にはいつも深く感謝しております。

今後とも、どうぞよろしくお願いいたします。

宇佐木

marmalade bunko

マーマレード文庫

次期社長に再会したら溺愛されてます

ハッピーウエディング編

2020年4月15日　第1刷発行　定価はカバーに表示してあります

著者　宇佐木　©USAGI 2020
発行人　鈴木幸辰
発行所　株式会社ハーパーコリンズ・ジャパン
東京都千代田区大手町1-5-1
電話　03-6269-2883（営業）
0570-008091（読者サービス係）
印刷・製本　中央精版印刷株式会社

Printed in Japan ©K.K. HarperCollins Japan 2020
ISBN-978-4-596-59057-2

m a r m a l a d e b u n k o